La isla de los conejos

La isla de los conejos

ELVIRA NAVARRO

LITERATURA RANDOM HOUSE

Papel certificado por el Forest Stewardship Council®

Primera edición: enero de 2019

© 2019, Elvira Navarro
Casanovas & Lynch Literary Agency, S. L.
© 2019, Penguin Random House Grupo Editorial, S. A. U.
Travessera de Gràcia, 47-49. 08021 Barcelona

Los versos citados en «La habitación de arriba» pertenecen a «Louvor e simplificação de Álvaro de Campos», de Mário Cesariny, extractado del libro *De la epopeya a la melancolía. Estudios de poesía portuguesa del siglo xx*, de Luis María Marina, publicado por Prensas de la Universidad de Zaragoza.

Printed in Spain — Impreso en España

ISBN: 978-84-397-3482-6
Depósito legal: B-25.826-2018

Compuesto en La Nueva Edimac, S. L.
Impreso en Cayfosa (Barcelona)

RH34826

Penguin
Random House
Grupo Editorial

ÍNDICE

LAS CARTAS DE GERARDO

Voy en el autobús mientras escucho a Stevie Wonder en el iPod. Gerardo se desespera. Hay una canción que eres tú. Contra Gerardo, te evoco con todas mis fuerzas. ¿Por qué estoy aquí, haciendo un viaje que no quiero? ¿Dónde estás ahora? He apagado el móvil por temor a que llames delante de él. Le ha molestado mi retraso. Incluso ha salido fuera de la estación para ver si llegaba, para avisar al chófer de que yo aguardaba en la otra acera la luz verde del semáforo. «Iba a decirle al conductor que nos fuéramos sin ti.»

Todavía llueve. Me ha cogido la mano. «No quiero que nos enfademos en este viaje.» He tenido que quitarme los cascos y hacer que me lo repita, y eso le ha disgustado, aunque no me cuesta que cargue con las culpas: desea confiar en mí. Luego me arrepiento de mi mezquindad, pero siempre me digo: es él quien se presta. Además, me pesa su mano. Me apresa. Pienso en ti, y en que mi cobardía me ha obligado a este viaje, y otra vez oleadas de ira; he de soltarme antes de estallar bajo su peso, desembarazarme de esta cabeza que se recuesta en mi hombro. La aparto, brusca; me incorporo y simulo buscar un libro en la mochila.

Me compadezco. De veras cree que busco algo. Se ha mojado por esperar bajo el calabobos, y me mira tan desprotegido y paciente, tiritando, que me calmo. Sólo son dos días. Dos días y se acabó.

El albergue está a tres kilómetros de Talavera. Vamos en taxi. No hay nadie en la recepción, y a través de una puerta abierta nos llegan los sonidos del televisor y el reflejo itinerante de la pantalla. Entro en la gran sala y saludo: «¿Hola?». Un hombrecillo repantingado en el sofá, adormilado, se incorpora. Sin decir nada, sin sonreír siquiera, se dirige hacia nosotros. A medias enano –sin ser exactamente acondroplásico, es más bajito que yo, que soy una mujer pequeña–, nos conduce al hall. Tiene el rostro aplastado, rudo. El pelo graso, la ropa sucia –unos vaqueros raídos y un jersey granate–, las manos con las uñas negras, brutales. «Habíamos reservado una habitación.» «¿Gerardo de Paco?» «Sí.» «¿Me da el carnet?» La voz de la caverna, el sigilo. El hombrecillo camina hacia la escalera con la llave de nuestro cuarto. Le seguimos. Tercer piso. Un corredor blanco con bombillas colgando del techo. Introduce la llave en la cerradura. La estancia es grande, pero ni siquiera tiene lavabo. Gerardo vigila mis reacciones. Me observa dando por hecho la repulsión. Así de bien me conoce. Así de bien.

Se ha cerrado la puerta. Esto es lo que sé: estoy sola en una habitación con Gerardo, nuestras mochilas aún por deshacer, fuera palpita la noche. Fuera, a través de una ventana mínima tapada por una mosquitera verde, tapiada, cerrada.

–¿Y?

–Un poco sucio –digo.

–Por diez euros qué quieres.

Se agacha junto a su macuto. Saca una radio vieja, se levanta para quitarse el anorak. Sus movimientos son una exhibición de eficiencia, un reproche. Con un porro y los deportes a un volumen de geriátrico, se arrellana en una de las camas para demostrarme su saber estar en cualquier parte. Al igual que cuando se ha acuclillado junto a su mochila –donde todo se distribuye a la perfección y sólo lleva lo necesario, por no hablar, en fin, de la mochila en sí: además de barata, pues detesta lucir marcas, es una de las mejores compras de su vida. El peso va repartido entre los riñones y la espalda, de tal manera que anda ligero con ella, y tiene los bolsillos justos, y correas para portar hasta tres sacos, nada que ver con la mía, que ni siquiera es mochila, sino una bolsa con apariencia deportiva de El Corte Inglés, además de cara, poco práctica, el colmo de la estupidez, etcétera–, su asentamiento sobre la cama, con el culo y los muslos sobre una manta de cuadros llena de pelos y mugre, me condena, y respiro y mastico y huelo manta con pelos y mugre.

—¿No vamos a cenar?

—Podemos preguntar si queda algo —me responde, alargando hacia mí el brazo con el canuto. Yo niego—. Espera a que me lo acabe.

—Si dejamos pasar más tiempo no nos atenderán.

A su pesar, me sigue hasta la gran sala de televisión. Hace dos meses que no tiene hambre. Desde que se lo conté, no siente apetito por nada. El hombrecillo dormita en el sofá. Esta vez es Gerardo el que habla:

—Disculpe, ¿podrían prepararnos unos bocadillos, o servirnos cualquier cosa?

El enano nos escruta desde la penumbra con ojos alucinados, como si no nos escuchase y fuéramos presencias fantasmales.

—Un momento —dice.

Al poco, nos invita a entrar al comedor con una mueca. Está a continuación de la gran sala de la tele y tiene las mismas dimensiones; en el fondo, centellea una barra de metal por la que deslizar las bandejas apiladas en el extremo de la izquierda. El hombrecillo nos señala una mesa y va a la cocina, de donde vuelve con platos combinados: judías verdes al ajillo, salchichas y tortilla de patata reseca. La mesa luce un mantel de cuadros verdes adornado con manchas de tomate. También los cubiertos exhiben restos de alimentos. Empiezo a comer. El hombrecillo desaparece.

—No está mal, ¿no?

Me encojo de hombros. «Es asqueroso», me gustaría decir. Gerardo repite:

—Por diez euros qué quieres.

De nuevo en el cuarto, me siento en una silla y le contemplo. Está serio. Las ojeras le llegan hasta los pómulos, pesa siete kilos menos. Ha cogido el peta abandonado a medias en el cenicero y se ha puesto a fumar. Le digo:

—Haz lo que te plazca. Voy a darme una vuelta.

Abro la puerta, le echo un vistazo a mi bolsa, por la que asoma el móvil desconectado. Gerardo me ve mirándolo, constata la sospecha hacia él. A pesar de ello, me interno en el pasillo, que se divide en dos alas. Una desemboca en la escalera, y de la otra parten unos estrechos corredores con puertas rojas. Al final hay una chica en albornoz sentada en un taburete. Muy joven. «¿Has hecho los deberes?», le pregunta un muchacho que sale de un cuarto. «No», responde ella. El albornoz, abierto hasta los muslos, deja ver sus piernas nacaradas, radiantes. Se les une un tercer chaval y comentan sobre los temas de matemáticas para la selectividad. Son estudiantes de bachillerato, me digo, y durante el curso se alojan en el albergue. Adolescentes de aldeas de la sierra de Gredos. Me incomoda la voracidad con la que me observan, y me marcho sin darles tiempo a que las frases que se agolpan ya en sus bocas se conviertan en una tela de araña. Atravieso el laberinto de pasillos y puertas rojas, y desciendo la escalera. La gran sala de televisión está vacía y a oscuras; prendo la luz, un horror vacui de famosos se despliega por la pared. Hay pósteres grandes, pero también postales, recortes de revistas. Distingo: Ava Gardner, Humphrey Bogart, Vivien Leigh, Marilyn Monroe, Sara Montiel. Los New Kids on the Block se yerguen sobre la tele, y en la ventana, tapando el cristal, me sonríen Alejandro Sanz y las Spice Girls.

—Te encantan estos sitios —la voz de Gerardo se alza desde el fondo de la sala, y sólo entonces me percato de que el aire está impregnado de olor a hachís y de una humedad putrefacta.

Es él, pienso, pero podría haber sido el hombrecillo quien se agazapase ahora entre los sofás de escay, acechando a una presa.

Retornamos a la habitación, donde mi móvil también me espía con su silencio. Lo enciendo.

—¿Esperas alguna llamada? —pregunta Gerardo.

Su voz se ha quebrado, respira como si se ahogara.

—No.

—¿Por qué has tenido el móvil desconectado?

—Así no gasto batería.

—Me dijiste que habías cortado la relación. Que ya ni siquiera hablabais por teléfono.

—Lo siento —musito.

Agarro mi cepillo de dientes y me voy a los servicios preocupándome por el teléfono, a pesar de haber borrado los mensajes comprometedores. Cuando regreso, el aparato sigue donde lo puse, pero no me tranquilizo hasta que Gerardo va al baño y compruebo que, en efecto, no hay nada que me delate.

Me acomodo en mi cama —la manta llena de pelos y mugre—, y aguardo. Él vuelve con la bolsa de aseo mojada. Su eficiencia se ha evaporado. Coge mi móvil. Lo registra de forma compulsiva. Veo cómo pasa las llamadas perdidas, las llamadas que yo he hecho, los mensajes. Empiezo a enfadarme. Coloca el teléfono en la mesita y me mira avergonzado.

—Te convendría cambiarle el pin. Perdona.

—No te disculpes.

—Perdona —repite.

Se recuesta, se pone los auriculares y comienza a fumar. Yo me desnudo y me meto entre las sábanas.

—Apaga —digo.

Calculo que deben de ser las dos. No tengo sueño. Intento pensar en una estrategia para dejarle, para plantearle mañana, o tal vez el domingo, cuando volvamos a Madrid, que esto ha de acabarse, que yo quiero romper y que he venido a este viaje para poner fin porque ya nada tiene sentido, pero no puedo. Llevo la angustia de Gerardo pegada al cuerpo, y me inmoviliza.

Hace un par de años nos separamos seis meses debido a un trabajo que tuve en Bruselas, y durante ese tiempo le escribí largas cartas (aún estimaba que los e-mails estaban reñidos con la morosidad). Jamás opinó sobre lo que le contaba. Era como si en su lugar hubiese otra cosa, a cuyos efectos no bastaba con nombrar como celos, aunque ése era el motor de todo, sus celos, que me trasquilaban con una rara inquina, como si yo hubiera de pagar por damnificaciones futuras. Al principio no hice caso y seguí escribiéndole. Luego, a medida que su voz indolente por el teléfono y el silencio sobre mis cartas se acumulaban, me empecé a sentir culpable por escribirlas. No referían nada que despertara sospechas, pero parecía que relatar mis paseos era tapar una realidad sucia sobre la que él tenía la última palabra.

El silencio de esta habitación, de este pasillo, del albergue, es el silencio de Gerardo ante mis cartas. Da igual lo que le diga. Sólo existe su obsesión, y la cumplo a rajatabla: me comporto como si hablara de los pelos de las mantas por no mencionar otra cosa. Aunque ahora esa obsesión está justificada, el resultado es el mismo que cuando yo residía en Bruselas y no le engañaba. Lo que realmente sucede no importa tanto, o importa sólo porque sus temores al fin se encarnan. Y cómo no sentir, bajo las sábanas, su deseo prolongando ese silencio, el tanteo obsceno con el que trata de abrirme la boca. Muchas noches me espero a que se duerma por el mero placer de que se calle, de que cese. Noto entonces el desentumecimiento de mis piernas, que se extienden livianas sobre el lecho, y cómo mi respiración se relaja, y resulta milagroso soñar y moverme y vivir a mi aire, sin que Gerardo me vea.

El día es gris. Hay que adivinarlo a través de la mosquitera verde. Bajamos a recepción para indagar cómo ir a Talavera y el hombrecillo nos dice que nos lleva si aguardamos diez minutos, al cabo de los cuales aparece con una furgoneta blanca y nueva. Nos metemos en la parte de atrás, que está helada. El enano no cierra las puertas. Al rato, Gerardo le pregunta:

—¿Esperamos a alguien más?

—No —responde.

Sin embargo, no se mueve; sigue con la C15 abierta.

—Nos gustaría llegar cuanto antes a Talavera. Aún no hemos desayunado —digo.

—Podríais haberos tomado un café en la máquina. O si no, espabilad y levantaos antes. Aquí el desayuno termina a las once —replica el hombrecillo.

Con tres movimientos rápidos cierra las puertas; Gerardo murmura: «¿De qué va, es idiota o qué?», y yo le pongo una mano en el brazo para calmarle. Quiero evitar la disputa para que el enano no conduzca enloquecido, como barrunto que sucederá si se pelea con Gerardo. Me acongojan los desplazamientos por carreteras secundarias, me vuelven supersticiosa, y detrás de cualquier voz en tono alto oigo el chirrido de los neumáticos, golpes y cuerpos volando por los aires. Es así hasta el punto de que, cada vez que subo a un coche, me preparo para morir. Sin embargo, el hombrecillo conduce lento, y lo que más me acaba oprimiendo durante el trayecto es su parsimonia. De súbito, me gustaría que la furgoneta fuera deprisa para precipitar mi miedo, que ya no es miedo, sino un extraño regocijo en abandonarme a la velocidad, a la sensación de importarme un pito que la furgoneta se estrelle. En Talavera nos comemos unos bocatas y visitamos el Museo de Cerámica. Luego paseamos durante algunas horas por la ciudad congelada, áspera, de interminable aspecto de callejuela. Volvemos al albergue en autoestop, y como me espanta meterme en la habitación, insisto en dar una vuelta por los alrededores antes de que se haga de noche. Dos carreteras, separadas por un baldío de aproximadamente un kilómetro de ancho, flanquean el edificio. Sugiero que las crucemos, pero Gerardo me dice que se ha hecho tarde. «Mejor explorar el erial.» Asiento, a pesar de que permanece el deseo de traspasar los límites del paisaje; esta ansiedad por saber qué hay más allá me lleva a caminar como si acudiera tarde a algún sitio. Avanzamos en línea recta hasta que es noche cerrada, y regresamos guiándonos por la luz del albergue y de los coches. Ni siquiera distinguimos nuestras deportivas, y fijar la mirada en el suelo produce angustia, como si fuésemos a despeñarnos o a pisar un nido de alacranes. Más que caminar, nuestros pies se aferran al terreno como garras. Al llegar a las canchas de baloncesto le pido a Gerardo que me sujete los tobillos para hacer abdominales. El suelo está frío, y me cuesta flexionar; tener a Gerardo agachado junto a mí, con la cabeza rozando mis rodillas, comienza a desagradarme, y paro. Me siento absurda y pienso que en una pareja esto es lo habitual: entregarse a las manías del otro. Tales menesteres van con el lote romántico, con la idea de que uno encuentra a un ser especial que nos ama y al que amamos, y que nos concede su beneplácito para todas las cosas estrictamente personales, como mis abdominales a las nueve de la noche en una oscura cancha de baloncesto a tres kilómetros de Talavera. Tal vez haya algo bueno en ello que he perdido de vista, quizás este absurdo resuma sólo a las parejas muertas, como la mía con Gerardo, quien afirma que todo el mundo se toma estos asuntos con naturalidad, excepto yo. «Estás loca», me dice cuando hago en voz alta razonamientos semejantes, y experimento entonces mi locura como una soledad lacerante, incluso como verdadera locura; no sé si es así, o se trata de Gerardo, que me hace creer que lo es. En su compañía pierdo el juicio, y puesto que Gerardo detenta la sensatez, asumo que sin él no seré capaz de moverme por el mundo.

En el comedor están a punto de retirar las bandejas. Ni siquiera son las diez; preguntamos a una vieja con cofia por qué cierran tan temprano. La vieja nos responde que, si queremos cenar más tarde, nos larguemos a un hotel. El menú: guisantes con chóped y filetes empanados de perfectas formas elípticas cuya aceitosa envoltura encubre un aglomerado de pollo. Sólo me como los guisantes. El chóped y el aglomerado comparten un mismo color rosa pálido. «Los filetes están crudos», dice Gerardo. En una mesa la chica de anoche departe con siete mozos de edad similar, que deben de ser la totalidad de los estudiantes. Han terminado de cenar y fuman echando la ceniza en un vaso de plástico; luego apagan los cigarros en los restos de comida.

—Voy a ducharme —anuncio al entrar en la habitación.

Saco el albornoz y las chanclas, y cuando estoy a punto de salir, Gerardo me dice:

—Puedes desnudarte aquí. Prometo no tocarte.

Me desnudo dándole la espalda. Noto su empeño en ser advertido; es un desagradable peso en la nuca que me hace enredarme en los pantalones y caer al suelo. Me levanto y me marcho envuelta en mi albornoz, con el sujetador y la camiseta puestos. Me quedo bajo la alcachofa, que escupe el agua a trompicones, hasta que los dedos se me arrugan y el espejo de los lavabos se cubre de vapor. Camino arriba y abajo abriendo las puertas de las duchas, en las que revolotean esos bichitos negros que habitan los lugares umbríos. Hago ruido con las puertas y ahuyento a los bichos; una colonia entera acaba volando en torno al espejo, del que cae un enjambre de gotas. Se me han quedado los pies fríos, y decido meterme otra vez bajo el agua; sin embargo, las paredes de los cubículos están plagadas de insectos, y no me atrevo a echarlos. Vuelvo al cuarto. Gerardo se masturba con los vaqueros bajados hasta los tobillos. No me mira. Cojo veloz mi ropa y, arrastrando el cable del secador, salgo de la habitación antes de que se corra.

Me guarezco en el baño, donde los insectos ocupan ahora los recovecos de las duchas. Temo no encontrar ningún enchufe; en tal caso, puedo ir a la sala de televisión para secarme allí el pelo. Imagino a los estudiantes de bachillerato repantingados en los sofás de escay viendo *Gran Hermano 3*; me asombra no visualizarlos más que ante ese programa y, al razonar sobre mi imposibilidad, me digo que ésta se debe a mi ánimo.

Pedir permiso a los estudiantes para hacer ruido con mi secador mientras ellos disfrutan del show no me resulta estimulante, pero estoy decidida a no regresar a la habitación, así Gerardo piense que el hombrecillo me ha cortado en pedazos y me ha metido en el congelador del bar de la piscina. Éste es un buen momento para que terminemos de una vez: yo subiré a por mi equipaje a las seis de la mañana, cuando él duerma, y llamaré a un taxi. Semejante plan de ruptura quizás sea inimaginable para otra pareja sin policías buscando por el albergue a la desaparecida cónyuge; sin embargo, Gerardo y yo nos hemos acostumbrado a las extravagancias. Si quiero colgarme boca abajo de un árbol durante un día, a él se la refanfinfla. Ésta es otra de las cosas por las que, hasta hace casi un año, se me hacía impensable abandonarle, pues detesto la vida normal, y con Gerardo estoy a salvo de cualquier normalidad. Con él, llevándolo todo al límite –la rabia al límite, el pensamiento al límite, el asco al límite– alcanzo una suerte de vida exasperada, y pienso que esa exasperación tiene que arrojarme con violencia a algún sitio.

Por suerte hay toma de corriente en el cuarto de baño. Se me ha olvidado el peine, e intento desenredarme el pelo con la mano. Me conformo con adecentarme las capas más superficiales y el flequillo; el ambiente de Talavera no es tan seco como para alisarme la melena, aunque a lo mejor no se trata de Talavera, sino del microclima de las duchas, del relente que sube de las losetas y huele a mezcla de tubería y pantano. Las incipientes rastas hacen que el cabello se doble y caiga, como si portase un miriñaque, si bien lo que me fastidia es no tener mi rizador de pestañas ni mi lápiz verde de ojos para poner algún rasgo en pie, alguna belleza que me decante hacia una apreciación más amable de mí misma. Salgo del baño con el secador; he de pasar por la puerta de la habitación para llegar a la escalera y lo hago de puntillas. Gerardo debe de haber estado atento de mis pasos porque, cuando aterrizo en el rellano, descorre el pestillo y abre. Echo a correr; en recepción, me detengo. Estoy eufórica.

–¿Natalia? –dice tres pisos más arriba.

No le contesto.

–Natalia, ¿eres tú? –repite, y mi euforia se convierte en lástima.

Comienzo a andar, despreocupándome de hacer ruido, y de que él baje y vea cómo me marcho por segunda vez.

Voy a la sala de televisión, que está vacía. Hoy es sábado; cómo no se me ha ocurrido que los estudiantes de bachillerato saldrán por Talavera. Me pregunto si irán a la ciudad andando; doy por sentado que no tienen motos, a lo sumo unas bicis con las que hacer equilibrismos bajo la inexistente luna junto a la cuneta. En una esquina de la estancia parpadea un router conectado a un ordenador, y siento esa leve ansiedad por revisar mi correo, esa sensación de que, por el simple hecho de no haber visitado mi cuenta en toda la jornada, me aguarda una noticia de primer orden. Tengo asimismo la vaga ilusión de que haya algún mensaje tuyo. El PC tarda en arrancar, y hace tanto frío que enchufo el secador y lo apoyo junto al teclado mientras maldigo a Gerardo y al mismo tiempo me alegro de recuperar el cabreo, pues sólo con la pena mi decisión peligraba.

Cuatro irrelevantes e-mails me reciben en mi bandeja de entrada. Los respondo con desgana, y luego arrastro uno de los sofás y traslado el secador al ladrón de la tele para verla con el chorro de aire caliente en mis piernas. Hace tanto frío que mi aliento parece congelarse. Me digo que fuera la temperatura debe de ser más agradable, y que sólo hiela en el interior del albergue. Los pósteres de los cantantes que cubren el cristal de la ventana me impiden comprobar la dimensión de los muros, y me tienta salir para averiguarlo. Podría darme un garbeo por las canchas; si tuviera mi abrigo, incluso podría sentarme a contemplar las estrellas. Necesito hacer algo; tal y como estoy, acurrucada en el escay con el secador sobre el empeine de mi pie izquierdo, no sé si aguantaré la espera. Sin embargo, dejar mi refugio significa toparme con Gerardo, pues es él quien ahora da vueltas por los pasillos, él quien ha salido a fumarse un porro sentado en la yerba y ha tirado una piedra en el verdín. Me quedo ante un documental sobre los ácidos grasos trans, y cuando acaba, abandono la sala con la impresión de que se ha calentado un poco.

Una luz tan blanca como la de un centro comercial emerge del bar de la piscina, y sé que Gerardo está ahí con el hombrecillo. La luz borra cualquier pretensión de intimidad nocturna, y al franquear la puerta, me da que van a someterme a un interrogatorio. Voy vestida, pero es como si fuese desnuda; siento que mis pensamientos y lo que he hecho en la sala de televisión se transparentan, y no tengo fuerzas para irme. En una mesa hay cuatro estudiantes de bachillerato bebiendo tercios. Gerardo y el hombrecillo también beben; Gerardo, además, fuma un porro. Su rostro luce descompuesto, y sé que está entregado a la conversación. Aun así no puede evitar decirme:

−La televisión no es tuya. Estos chavales a lo mejor querían ver una película.

Los estudiantes no se dan por aludidos. Tienen los ojos rojos; supongo que Gerardo les ha pasado ya varios canutos. El ruido del secador me ha mantenido ajena al movimiento nocturno del albergue, parecido a los antros que a Gerardo y a mí nos gusta frecuentar: se trata de un sitio raro donde adquirir algún conocimiento o experiencia insólita, que suele ser sinónima de sórdida y que forma parte de nuestro llevarlo todo al límite. Para aliviar la tensión y rendirme sin culpa al estado de cosas habitual, que sólo ha de durar esta noche, esta noche y se acabó, necesito algunas cervezas. Le pido al hombrecillo una Mahou; él me señala la nevera. No encuentro el abridor, pero no pregunto; busco por la barra, donde se amontonan vasos, tazas y cucharillas. Gerardo alarga el brazo para dármelo.

−Gracias −le digo.

No me responde. Está asintiendo a lo que le dice el hombrecillo. Me quedo tras la barra hasta que termino la cerveza y cojo otra; luego salgo y no sé qué más hacer. En el bar hay dos puertas, la que da a la recepción y la que comunica con el exterior, que ignoro si está abierta, pero que tiene la llave en la cerradura. Me acerco y la empujo suavemente para no llamar la atención. Con tanta delicadeza no consigo nada, y tiro hacia los dos lados procurando girar la llave, que se me queda señalada en la piel. En la quietud del bar, en la que los estudiantes de bachillerato hablan en susurros o no hablan, y donde Gerardo y el hombrecillo parecen dos actores sobre un escenario, mis forcejeos son semejantes a la enfermedad de una mujer que trabaja en un restaurante muy barato de la calle Atocha, y que consiste en insultar mientras sirve los platos. La mujer dice palabrotas como si cantara, alzando la voz, y su música y sus tacos interrumpen el murmullo de los comensales, que a veces se ríen, pero que suelen mostrarse graves ante la incontinencia de la pobre señora, la cual, por lo demás, mantiene conversaciones normales entre insulto e insulto, apañándoselas para que nadie se ofenda, o tal vez sin necesidad de apañárselas, pues la voz que se caga en la madre de todos es distinta de la que mantiene conversaciones normales, como si tuviera un demonio en la garganta. Logro abrir y salgo con la certeza de que no osaré entrar de nuevo. Bebo a un ritmo vertiginoso para alcanzar cuanto antes esa agradable conformidad alcohólica en la que me dará igual pasearme delante de Gerardo y del hombrecillo, y también de los estudiantes de bachillerato, pues ahora no puedo escapar de mi inclinación a humillarme para ser aceptada. También es posible que mi compulsión con el alcohol y mi creencia en que me moveré como Pedro por su casa cuando esté borracha encubran mi deseo de someterme a Gerardo y, a través de él, ingresar en el mundo. He advertido de qué torcida manera me ha mirado el hombrecillo por no permanecer junto a mi novio, por no estar a la altura de lo que él espera de la pareja de ese tipo que le cae tan bien y le proporciona una coba que jamás habría imaginado. Me siento en el escalón y veo pasar camiones solitarios; éste no es el bar de la piscina, como pensé al principio, sino un garito de carretera, aunque no funciona como tal; quizás haga de sala de recreo para los estudiantes.

Voy a por mi tercera cerveza acusando los efectos de las otras dos. Me deslizo liviana hasta la barra; el abridor está en mi poder, aunque eso carece ya de importancia, pues Gerardo, el hombrecillo y los estudiantes se han pasado al gin-tonic. Un suave bullicio provocado por los estudiantes, que de súbito hablan más alto y sin parar, ha destensado el ambiente, y me apoyo en el billar. He dejado la puerta entornada, y el aire frío penetra en el local y remueve el humo de los porros y de los cigarros, alzándolo antes de disolverlo. Por un momento, rebosan del techo pequeños coágulos de niebla. El hombrecillo me contempla; su desaprobación se convierte en un repugnante deseo que debe de aflorar ante la chica que estudia en Talavera, esa Scarlett Johansson de La Mancha. Me apena que su alegre y brutal inocencia tenga que vérselas con la lascivia del hombrecillo. Le dedico una mueca de asco; él se pasa un dedo por los labios y me lanza un beso fugaz, patético. Un esbozo acomplejado e insensato. Gerardo se percata de la actitud de su compadre y vacila. Darle la espalda significa quedarse sin escudería, pero ya no puede permanecer junto a él sin ponerse violento. El hombrecillo ha bebido lo suficiente como para no coscarse del cambio de Gerardo, que se prepara para plantarle, aunque lo que le espere sea el enfrentamiento conmigo. Me pongo en pie y pillo cuatro tercios con los que soportar la bronca. Le digo al enano:

—Nos los carga en la cuenta.

El hombrecillo musita una obscenidad, me señala, se ríe. Nos vamos sin despedirnos.

En el cuarto, hinco mi cepillo en los nudos del cogote. Tardo un buen rato en desenredarlos; entretanto, Gerardo abre una Mahou, se acaba un porro y va al baño a lavarse los dientes. Cuando vuelve, me estoy rizando las pestañas. No dice nada; incluso parece comprender mi tardío acicalamiento para lo que nos aguarda, y conforme entiende que me engalano para irme, y conforme lo entiendo también yo, pues al principio ignoro el porqué de mi apremio por arreglarme, por arrancar el conato de rastas de la nuca y reflejarme bonita en el espejo gracias a mis ojos pintados, nos entristecemos. Son las cinco de la madrugada; le pido que venga conmigo a la recepción, pues me da miedo el hombrecillo. Llamo a un taxi. En el bar no hay nadie, y se huele el hachís que Gerardo ha compartido con los estudiantes. El taxi tarda media hora en llegar; es una furgoneta blanca similar a la del enano, con una luz reglamentaria. El taxista nos observa como si hubieran acuchillado a un familiar y tuviésemos que ir a reconocerlo. Cuando ve que Gerardo se queda y que nos deseamos suerte, empieza a mostrarse despreocupado y yo comienzo a adorar su serenidad; de repente se me antoja sana y vital, y me alegro tanto de que esa actitud me acompañe durante el camino a la estación, en esta noche casi tan oscura como la anterior, en la que sólo se ven las rayas de la carretera.

ESTRICNINA

1

Asocia el ferry con una nave espacial, y piensa que la forma de las ventanas es similar a los ojos compuestos de algunos insectos. Luego ve al personaje aún sin nombre diciéndose esto mientras recorre la cubierta. Es una mujer, y trasmite una frialdad mesurada, tranquilizadora, razonable. Está haciendo cábalas sobre lo que observa, que también es frío: material blanco, sucio; un ligero olor a suela mojada, a sudor, a patatas fritas y a pescado.

Va a relatarse en tercera persona, como si fuera una extraña. Desea instalarse en ese aire de gelidez serena con el que se acaba de imaginar, que a su vez es el tono que quiere para su escrito. Le parece la mejor manera de ensayar su nuevo cerebro, de adelantarse a lo que va a sucederle.

El desaliento la lleva a buscar conversación.

Se dirige a una pareja de ancianos. No evita el temblor en el labio de abajo. Sospecha que han visto la pata que le cuelga de la oreja. Luego va a la cafetería. A su lado, hay un cuarentón muy pálido y orondo, y siente ganas de contárselo. Se amarra el pelo en una cola y se mira en el espejo de la barra, entre las botellas: la oreja izquierda está más alta que la derecha. El hombre no lo advierte a pesar de que la diferencia de altura es notable. La oreja le pesa, y desde hace unas horas la carne ha empezado a tornarse rojiza.

Recuerda que hace un año estaba de visita en la ciudad de T. Después de que su guía les mostrase la catedral, fueron al malecón. La luz era suave y se mezclaba con la bruma. Debían de ser las primeras horas de la tarde, y aunque la primavera sólo asomaba, daba la impresión de que se aproximaba un verano tórrido.

El guía los condujo a la muralla sur, junto a la playa. Ella se fijó en unos bañistas extranjeros que entraban al agua sin dejar de dar sorbos a sus latas de cerveza. Algunos habían trepado a las rocas del espigón, que bosquejaba un camino hasta un islote sobre el que se alzaba una fortaleza de color terroso; su horizontalidad la asemejaba a un pedazo de tierra flotando sobre el océano. Pero ella no vio un castillo militar ni un trozo de tierra, sino una excrecencia que brotaba de la ciudad.

3

Al fin desembarca. Ha llovido durante toda la travesía. Tarda más de una hora en pasar la aduana; los taxis, casi todos viejos Mercedes, huelen a cuero húmedo. Sube por las calles angostas de la medina, que evocan desfiladeros. Ha reservado habitación en un hotel que tuvo su esplendor hace más de un siglo. Parece que está muy cerca la noche, porque unas nubes de un gris violento acaparan el cielo, pero son sólo las tres de la tarde.

Atraviesa un patio abierto hacia la bahía. El recepcionista mira sin disimulo su oreja. Le habla con un tono burlón.

El hotel está en penumbra. Su cuarto tiene dos camas, mantas zarrapastrosas, alfombras con aspecto de llevar colgadas en las paredes desde 1870, cuando se construyó el edificio. Sólo el baño es nuevo.

Intenta escribir su historia. No va más allá de tomar unas notas famélicas. Las numera. Sale a la calle cuando la tormenta escampa y se mete en el zoco, donde ve a mujeres en grupo. Los tenderos les ofrecen pollos, garbanzos, cebollas. Los corderos, abiertos en canal, esparcen el olor áspero de la sangre por el pavimento sucio, lleno de restos de verduras, mugre y casquería.

Llega a la zona de las telas y el aceite de argán, y decide comprarse un pañuelo. Entra en uno de los puestos. Unos bustos sin pechos ni rasgos faciales presiden el escueto interior del comercio. Son maniquíes a medio hacer, que portan pañuelos de colores.

Quiere un hiyab negro. «Está casada con un musulmán», dice el hombre. No es una pregunta, sino una afirmación. «Yo soy bereber», añade. No le contesta y se coloca el pañuelo ante el bereber, quien ya se ha percatado de la extremidad. El hombre bromea con el comerciante de jabones de enfrente; ella no logra ponerse bien el hiyab y abandona el comercio sin regatear el precio.

Se va al hotel. Barrunta novelar lo ocurrido. Quiere dejar una explicación, un rastro de su proceso. Pero ¿para qué?, se dice, si las simples palabras no bastan. Le cuesta sostener el lápiz, como si fuera esa tercera pata que le tira de la oreja la que lo agarra. Todo acontece demasiado rápido.

Durante la noche, frente a la bahía, se sorprende de la indiferencia que experimenta al contemplar las luces lejanas de la otra orilla, que se ven cristalinas porque la ferocidad de la tormenta ha disuelto la bruma. No siente nada, ni siquiera el miedo que cabría esperar ante la incertidumbre de los próximos días, o quizás meses. No sabe lo que va a durar su transformación. Pero lo que más la asombra es que, incluso cuando evoca a los suyos, es como si esas gentes formaran parte del recuerdo de otra persona.

4

Se despierta a las once de la mañana. Nota la oreja pesada y dolorida; al moverse, oye un crujido. La repulsión enseguida es desplazada por una presencia nítida de las cosas, que brillan más y tienen una textura rugosa, móvil, tal que si estuvieran cubiertas de una capa abigarrada de insectos. La silla huele distinto que la alfombra. Reconoce: pólvora, pelo de gato, ébano, taray, caspa, opio y estricnina.

La pata cuelga por debajo de su pecho. Ha crecido más de un palmo y le han salido unos dedos con unas pequeñas bocas, que se mueven como arañas. Al sentarse en el escritorio, ante sus famélicas notas numeradas, los dedos agarran un bolígrafo. La extremidad crepita; la cubre un barniz viscoso. No se atreve a tocarla. Su lóbulo luce rojo; la sangre se le acumula en los capilares. Ve que, junto a sus anotaciones, hay unos garabatos hacia los que se dirige su nueva extremidad con el boli apretado entre sus dedos. La pata los continúa. Ella trata de entender algo de lo que escribe con ritmo furioso y concentrado, y cuando le arranca el boli, la pata forcejea. Se resiste aún más al atarla a su pelo con varias gomas. El gemido de los dedos se torna en bisbiseo frenético, y la extremidad le golpea la espalda, aunque no con demasiada convicción. Luego se queda tranquila. Siente su relajo desparramándose sobre el costado. ¿Y si se la cortara?

Revisa el móvil. ¿Por qué no llamar a su madre y contárselo todo? ¿Para qué esas anotaciones numeradas e incomprensibles? Imagina a su extremidad, ya gigante, arrastrándose hasta la oficina de correos e introduciendo sus notas en un sobre. Asimismo, imagina a su madre, ojerosa, ante esas notas doblemente ininteligibles por estar sazonadas con los garabatos de la pata.

Se sienta de nuevo en el escritorio. Las flores y los motivos geométricos de las alfombras que cubren las paredes la hipnotizan. Parecen moverse, aunque son los ácaros quienes se desplazan por las hebras de tejido viejo y mohoso. Escucha ese ejército mudo, distingue los matices de su movimiento. Los ácaros brincan, se paran, corretean por las finísimas fibras como ratas diminutas, como piojos por una cabellera larga. Hay polvo de hace setenta, cien años, en esas alfombras que a sus ojos ya no son descoloridas. Hay también partículas microscópicas que antaño fueron arena del desierto. Late algo tan antiguo que ni siquiera puede nombrarse.

Al día siguiente la pata es diez centímetros más larga. Le resulta imposible amarrarla y decide ir a la tienda de los pañuelos. En la calle, el mundo irradia luminosidad. La pata se balancea, como si también disfrutase de la alegre mañana, y los transeúntes miran ese bulto envuelto en una indumentaria que no es ni occidental ni árabe.

–Quiero tres pañuelos –dice en mal francés.

Los maniquíes son más reales que el tendero, ante quien no esconde la pata. El hombre palidece cuando ve cómo la extremidad extiende hacia él, con cierta timidez, sus tres dedos. Sale del comercio dando gritos. Ella corre detrás; no quiere asustarle, sino pagar los hiyab, aunque a la mitad de su carrera se olvida de por qué persigue a ese hombre. De repente, se le antoja una presa. El árabe es delgado, parece un galgo. Pero ella corre más deprisa.

LA ISLA DE LOS CONEJOS

Construyó una piragua y quiso probarla en el Guadalquivir. No le interesaba el deporte. Tampoco había hecho la piragua para usarla a menudo; sabía que, en cuanto explorara las isletas, la dejaría en el trastero o la vendería. Él se definía como inventor, aunque a las cosas que fabricaba no se les podía llamar inventos. Sin embargo, había empezado a calificar como tales todo lo que pergeñaba, pues no usaba manual de instrucciones. Su método era descubrir por sí mismo lo necesario para elaborar lo que ya estaba hecho. El proceso le llevaba meses y lo consideraba su verdadera vocación. Inventaba lo que estaba inventado. Conseguía con ello un placer parecido al de los senderistas que los domingos van al monte y alcanzan una cumbre, y se preguntaba por qué la realización personal era algo tan extraño. Por las mañanas, el falso inventor trabajaba como maestro en una escuela de artes y oficios sin sentirse realizado, a pesar de que sus enseñanzas resultaban útiles para sus alumnos.

Desde niño había deseado ir a las lenguas de tierra que penetran en el mar, o a las islas que nadie habita. En una ocasión, cuando tenía dieciocho años, sus padres le invitaron a Tabarca con la promesa de que era una isla desierta. Él creyó que iban a pisar mero matorral, pero se encontró con siete calles de casas humildes, una muralla, una iglesia, un faro, dos hoteles y un pequeño puerto. Probablemente sus padres exagerasen con que no había nada en Tabarca para convencerle de que se fuera con ellos de vacaciones —no les gustaba que se quedara solo en casa—; no obstante, tal vez nunca hubiesen entendido a qué se refería cuando hablaba de lugares deshabitados.

Era difícil contar las mejanas de la parte del Guadalquivir que bordeaba la ciudad. Algunas se confundían con pequeñas penínsulas. Una mañana de septiembre caminó hasta el muelle con su embarcación y se echó al agua. Estuvo varios días tomándole el pulso a la nave, y tras dominarla, comenzó a explorar el río. Llevaba semanas sin llover. El caudal iba escaso, tranquilo, apestoso. Recorrió el perímetro de las islas con una mezcla de desasosiego y estupor, sin ser capaz de arrimar la piragua a la orilla. Dudaba de sus habilidades para maniobrar con rapidez, temía que la tierra no fuera firme en las márgenes, resbalar y que la piragua se le escapara. Además, le espantaba regresar a nado, apretando los labios para no tragar miasmas, y viendo tanta naturaleza junta, la vegetación abigarrada y vibrante de insectos, la capa de excrementos de pájaro, el lodo. Lo que había creído bello no eran más que árboles torcidos por el peso de las aves, o quizás por alguna enfermedad, así como colonias de bichos y arbustos comidos por la inmundicia.

Al quinto día de deambular con la piragua, decidió recorrer la curva del Guadalquivir. Remar hacia el sur le permitía no perder de vista las lomas suaves de la campiña. Por allí las islas eran diminutas, más ásperas, y estaban muy juntas, como un sarpullido. Las rodeó trabajosamente; en la última se encontró el cadáver de un hombre flotando entre los juncos. El muerto yacía boca abajo, en calzoncillos; la piel de su espalda se levantaba formando ampollas del tamaño de una mano. No supo si las ampollas se debían al sol, que todavía achicharraba en septiembre, o a que el cuerpo estaba tan lleno de líquido que se había deformado. El río hedía. Llamó a protección civil y los agentes llegaron en una dingui con la que era imposible abrirse paso entre los juncos. En la dingui portaban una canoa; mientras un policía gordo se montaba en ella, él se acercó a la lancha y pidió permiso para irse. No quería presenciar cómo arrastraban al fiambre. Le amilanaba que se diera la vuelta y descubrir unas entrañas en carne viva, devoradas por los peces.

El episodio del muerto le mantuvo varias jornadas alejado del río. Luego volvió a dar su paseo vespertino alrededor de las islas, y un día, después de haberse atrevido a pisar la más cercana al muelle, decidió habitarla. Se dijo a sí mismo que estaba harto de vivir en la urbe, y también que le excitaba hacer lo que nadie hacía. Aquellas no eran más que dos ideas peregrinas con las que a veces recorría las calles de su ciudad, que se le antojaba demasiado obsesiva, una espiral que le abducía hacia el centro. En verdad, no podía dar ningún motivo que explicara su decisión de ocupar aquel pedazo de tierra estrecho y nauseabundo, que le haría sentirse aún peor que en la ciudad.

Aunque se tratara de la isla más próxima a la ribera, la espesura impedía ver su interior. Limpió de matorral el centro, taló árboles cuyos troncos eran tan delgados que parecían cuerdas. ¿Cómo esa madera enclenque sostenía una copa de un verdor pletórico? Decidió montar una tienda de campaña roja en vez de verde militar. La tienda se aislaba bien, pero él no esquivaba el pánico a despertarse cubierto de insectos. Pensaba que, durmiendo en alto, se resguardaría de las larvas que pululaban por el suelo ciegas, ofuscadas en la profanación de la tierra, y que parecían intuir a sus depredadores. Las aves las atrapaban con facilidad: metían el pico bajo la arena y hurgaban. Constituían una fuente de comida inagotable; sin embargo, los pájaros no se alimentaban siempre de ellas. Quizás no resultasen lo suficientemente alimenticias por estar hechas sólo de agua, y había que buscar insectos más sofisticados y nutritivos. Una tarde examinó una. La puso en su mano, donde el animalito danzó sobre sí mismo. Al apretarle un poco con el índice, estalló como un globo diminuto.

No dormía en la isleta todas las noches; eso le habría vuelto loco. Le bastaba con amanecer allí un par de veces a la semana. Cuando pernoctaba en esa mancha del Guadalquivir, escuchaba un zumbido durante la madrugada. Salvo si las lechuzas atacaban, los pájaros permanecían callados, y sólo se oía el aleteo de los que eran expulsados de algún álamo. Estaban muy apretados; al ahuecar la cabeza bajo el ala y ensanchar el buche, los que ocupaban los extremos de las ramas se caían. El zumbido que le torturaba no se debía a estos estertores del sueño, sino a la chillería de las aves en el ocaso al buscar sitio en los árboles, tan brutal que imposibilitaba hacer un cálculo aproximado de cuántas acudían a aquel mísero terruño. Le parecía que eran miles. Piaban de tal modo durante una hora que el sonido se le quedaba dentro, y ni enchufándose los cascos con el volumen al máximo lo mitigaba; incluso salía de la tienda para ahuyentarlas a voces, pero la jauría no reparaba en su presencia. Era como un trozo de alga en mitad del océano; las aves quizás lo confundían con un pájaro ridículo. Acababa con la garganta dolorida de gritar, y no quería confesarse a sí mismo que algo en él se liberaba mientras vociferaba haciendo muecas grotescas. A menudo perdía la noción del tiempo y seguía aullando en plena noche, cuando los pájaros estaban ya callados; entonces los escasos paseantes de la ribera miraban hacia la isla creyendo que los alaridos eran de algún animal.

Los pájaros iban a la mejana a dormir, a criar, a morir. Todo estaba lleno de nidos y de cagarrutas, y cuando el falso inventor volvía a su casa, no conseguía deshacerse del olor a excremento, ni siquiera duchándose. Por lo visto, aquellas aves blancas eran una plaga. Se lo había dicho un viejo que pescaba en el embarcadero. Le preguntó al viejo por el nombre de los animales, pero éste no supo indicárselo. Estuvo buscando información en internet y no encontró nada. Ojeó una guía de la fauna del Guadalquivir; los pájaros de su isla no coincidían con ninguna de las garcillas descritas. No investigó más; al fin y al cabo, hallar a qué especie pertenecían no modificaba su decisión de convertirse, durante un par de veces a la semana, en un ser que bramaba contra unas criaturas que le ignoraban, que se dormían a pesar de que les lanzaba furiosas piedras. Ni se dignaban mirarle cuando la cólera le hacía agitar los troncos enclenques de los árboles. Las copas se movían de un lado a otro, y a veces este movimiento se tornaba violento; el vaivén de ramas trasmitía la impresión de que unos fornidos costaleros llevaban la isla a hombros.

Con el paso de las semanas, el falso inventor se convenció de que su ocupación era un acto de justicia. ¿Por qué tenía que pedir permiso para habitar un sitio vacío? Estimaba incomprensible que el resto de las isletas siguieran vírgenes, pero eso no era lo que le parecía peor; lo intolerable era la falta de curiosidad de los habitantes de una capital donde vivían más de trescientas mil personas. ¿Entre tanta gente sólo él se molestaba en visitar lo que había delante de sus narices?

Empezó a dejar dinero en la tienda de campaña para ver si alguien lo robaba. Si bien los piragüistas que remaban por el Guadalquivir no tenían por qué ser unos ladrones, debía de haber maleantes al acecho, algún vagabundo hambriento que sin duda birlaría su generoso billete. Comprobó a diario si los cincuenta euros seguían allí. Y así era. Nadie cogía nunca ese dinero. Nadie ponía un pie en su isla.

Cuando no inventaba lo que ya estaba inventado, el falso inventor hacía instalaciones a las que no llamaba arte. Por ejemplo, les había quitado la piel de tela a diez perros de juguete que ladraban mientras movían las patitas delanteras y encendían sus ojos. Luego había colocado la piel sobre las patitas y metido a los perros en una jaula para conejos. Urdió un mecanismo para accionar a los perros con un mando a distancia. Cuando sus amigos iban a su casa, él le daba al botón del mando. Diez perros de juguete despellejados ladraban mientras movían sus patitas hacia atrás sobre su propia piel, encendiendo unos ojos amarillos.

Sus amigos le sugerían vender aquella instalación a alguna campaña para la protección de animales y él se encogía de hombros. ¿No habrían explotado ya otros su idea? En el fondo, pensaba que, si se le había ocurrido a él, era porque la había visto en algún sitio, aunque no se acordara. Por eso se negaba a que alguien considerase arte sus instalaciones. Le aterrorizaba exponer y que se comentara en voz alta que sus obras no eran más que una copia. No sabía por qué le temía a esa crítica, si al fin y al cabo no creía en la novedad y argumentaba largo y tendido al respecto, aun cuando no fuese capaz de recordar de dónde procedían sus apropiaciones. Además de la jaula llena de perros de juguete, eran suyos un circo de pulgas mecánicas en el interior de una alacena, una sandwichera fabricada con dos planchas de la ropa con la que derretía queso añejo sobre las manos de sus invitados cuando celebraba alguna fiesta, una pila de libros sobre la que se había acumulado el polvo durante más de veinte años –lo que cubría los libros eran ya pelotas de porquería–, y cuya importancia estribaba en que ese polvo contenía células muertas de todos sus familiares, ya fallecidos.

Fue la jaula de conejos donde tenía los perros de juguete lo que le llevó a la ocurrencia de soltar conejos en la isla para ahuyentar a los pájaros. Resolvió no quedarse más noches a dormir. Ya había gritado lo suficiente. Mantendría la tienda de campaña para ir a observar a los conejos y echarse la siesta. El otoño estaba avanzado, habían atrasado la hora; ya no era un despropósito remar a las cuatro de la tarde y recibir la fresca en el río, cuyo caudal seguía tan hediondo como en verano debido a la sequía. Compró veinte conejos, diez machos y diez hembras, que se reproducirían a gran velocidad. En la isla pronto no habría alimentos para ellos. El falso inventor supuso que los nuevos moradores atacarían los nidos que había en el suelo cuando no tuvieran qué comer. Si los pájaros no podían criar en la isleta, se irían a otra.

Los conejos eran muy blancos y de largas pelambreras. Tenían los ojos rojos, le habían costado más caros que si los hubiese comprado grises o marrones, pero estimó necesario que compartieran el mismo color que las aves. Se dijo que poblar con ellos la isla era su forma de seguir habitándola. Acabó por permitirles entrar en la tienda, donde preferían estar, sin duda porque les mantenía a resguardo del sol y porque la tierra no valía para hacer madrigueras. En la tienda se pusieron a parir gazapos sin pelo que parecían ratas.

En cuanto los conejos devoraron los matorrales, los nidos fueron vaciándose de huevos, manjar que parecía gustarles especialmente, pues en más de una ocasión presenció peleas por roer las finas cáscaras azuladas. No se peleaban, sin embargo, por los polluelos, y para el falso inventor estaba claro que comer esa carne recién nacida era algo que hacían a su pesar, con cierta tristeza, como si sus obtusas inteligencias reaccionaran frente a aquella situación cruel. Su actitud, se decía, estaba acorde con la humanidad que representaban, que no era otra que la de él, su dueño. Tal vez por ello le sorprendió que, a pesar de los escrúpulos iniciales, luego no dejaran ni los huesos, como habría hecho cualquier persona. Atacaban con sus incisivos los buches de las criaturas, y un cerco de sangre tiznaba, del mismo color que sus ojos, sus hocicos temblones y los finos pelos de sus bigotes. Cuando habían acabado con la carne, frugal, pasaban largos minutos royendo los esqueletos, haciendo un ruido peculiar, de ramas secas quebrándose. Se comían incluso el pico, y al terminar se acicalaban hasta que el pelaje volvía a lucir blanco.

Mientras el festín tenía lugar, las aves volaban alrededor lanzando angustiosos graznidos. Aguardaban durante horas en el lugar del crimen, como si su prole fuera a aparecer tras una piedra. Al falso inventor le resultaba curioso que no se les ocurriese atacar a los conejos. Sería sencillo para ellas arrancarles los ojos con sus afilados picos, pero aquellas maniobras grupales debían de ser ajenas a sus instintos.

No calculó que los gazapos nacidos allí jamás habrían comido otra cosa que carne y huevos, y que aquella desnaturalización habría de acarrear alguna consecuencia funesta. Durante un tiempo más, las aves fueron lo suficientemente tontas, u osadas, como para seguir anidando en la isla, pero cuando los nidos comenzaron a desaparecer, el falso inventor se dio cuenta de que también lo hacían las camadas de conejos. Una mañana fue testigo de por qué desaparecían: sus congéneres se las comían. Le horrorizó aquel espectáculo y se deshizo de la idea de que esos animales fueran una extensión de su persona.

Es más: se le antojaron una plaga, igual que los pájaros, y si siguió yendo a visitarlos, fue porque se sentía culpable de abandonar a aquellas bestias a las que había envilecido.

Un día probó con el pienso. Los conejos se limitaron a olisquearlo, y luego se entregaron a encuentros sexuales que poseían un punto morboso. Habían aprendido a reproducirse para comer, y eso multiplicaba los apareamientos. El falso inventor se dijo que la necesidad aceleraba la gestación. Todos se alimentaban cada vez que una hembra daba a luz; cuando acontecía el silencioso parto, los conejos acechaban a la parturienta como si también cupiera la posibilidad de comérsela a ella. Puesto que ya no demostraban interés por los nidos de las aves, estas volvieron a anidar.

La tienda de campaña se veía desde la ribera. A él le daba igual. Lo que había en ese pedazo de tierra no era demasiado distinto de los campamentos que los rumanos y los mendigos levantaban bajo los puentes de las circunvalaciones. Mientras no molestaran, nadie les prohibía que durmieran allí. Su isla quedaba lejos del conjunto monumental que se atisbaba desde el otro lado del río. Tenía enfrente el final de la ciudad, donde, además de pisos nuevos y feos, sólo había un centro comercial junto a un estadio que nunca fue importante. Él también era visible cuando estaba en la mejana, y algunos niños le saludaban desde el pretil y le pedían a gritos que les llevara en su piragua. El falso inventor les contestaba moviendo enigmáticamente la cabeza. La atención de los niños le envanecía y le preocupaba al mismo tiempo. No quería que supieran lo que estaba pasando con los conejos, que se adivinaban desde el mirador; eran como pequeñas pelotas blancas chocando unas con otras. Por las noches, si había suficiente luna, el resplandor de sus pelajes se confundía con el de los pájaros, y daba la impresión de que las aves dormían en el suelo.

Los conejos jamás se comían a sus crías fuera de la tienda. Parecían saber que transgredían una ley. Y aunque verlos alimentándose de sus descendientes encogía el alma y los tornaba abyectos, cuando se estaban quietos se hacía evidente que había algo en ellos hipnótico, majestuoso, que se acrecentaba con el paso del tiempo, y que quizás guardaba relación con actuar contra natura. Tal vez habían dejado de ser conejos, pensaba, o de algún modo sabían que estaban protagonizando lo que jamás había pasado de esa manera en su raza. A ratos al falso inventor le atribulaba su desaparición, y entonces se olvidaba de las circunstancias por las que aquellos seres habían acabado zampándose a sus hijos. El acontecimiento relucía como un hecho puro, sin causas; un hecho llamado a inaugurar un nuevo mundo. Todo esto ocurría a la sordina, porque aún no había un lenguaje para una realidad que empezaba a dar sus primeros pasos. El falso inventor se limitaba a seguir yendo a la isleta y a contestar con recelo a las peticiones de los infantes de ser llevados en su piragua. Por las noches, en el caserón heredado de su abuela en el que vivía, soñaba con los padres de estos niños, oía sus voces como si fueran una turbamulta que le aplastaba mientras las habitaciones se llenaban de agua y del color azul de las piscinas. Se decía que aquello era una vulgar obsesión de la que saldría cuando decidiera abandonar a esas criaturas, y sólo por algunas actitudes de su cuerpo, de repente estático junto a sus conejos, era posible concluir que comenzaba a sentirse como uno más entre ellos. Quizás su pelo, súbitamente encanecido, lograría el blanco fabuloso de esos animales ya sagrados, y sus ojos, ensangrentados por pequeños derrames que el oculista atribuía a una persistente conjuntivitis, acabarían sanando cuando enrojecieran por completo.

Un día el falso inventor desmontó la tienda de campaña y dejó de ir a la isla. Los habitantes de los pisos de la ribera se preguntaron qué habría sido de aquel loco dedicado a criar unos conejos que murieron a las pocas semanas de su desaparición, y cuyos cadáveres formaron un bonito manto blanco.

REGRESIÓN

Viene raudo el recuerdo: Tamara y ella con diez años y unas casitas de varios pisos que se abrían por la mitad. Jugaban a *Los Colby* y a *Falcon Crest*. Echaban a suertes qué clan le tocaba a cada una y qué mansión. Utilizaban esa palabra pomposa, «mansión», que ambas aprendían en las series americanas. En su ciudad nadie se refería a su casa de ese modo, por más suntuosa que fuera. Ellas jamás habían visto nada que guardase un parecido, siquiera remoto, con las mansiones de *Los Colby* y *Falcon Crest*, aunque cuando se imaginaban de mayores no cabía otra posibilidad que la de ser dueñas de hermosos palacios junto a lagos y viñedos.

Viene este otro recuerdo: Tamara la conduce a La Calavera, unos matorrales muy altos en cuyo centro, hueco, dormían a veces los mendigos. Unos niños con los que se juntaban para hacer guerras de globos de agua les contaron que La Calavera amanecía siempre con aves decapitadas, y según sus hermanos mayores, allí se celebraban ritos satánicos. Ese día en que los chicos, antes de llenar sus globos, les dijeron lo de las aves sin cabeza, Tamara se burló de ellos con carcajadas e insultos. Luego le susurró a ella en el oído que no se trataba de pájaros decapitados, sino de bichos venidos del centro de la tierra cuyos miembros no necesitaban estar unidos para seguir vivos. Sus patas, cuellos y troncos brincaban solos.

Vivían junto a un parque que delimitaba el distrito de Espriu, de familias acomodadas, de El Canal, añosa barriada partida en dos por un desaguadero maloliente que desembocaba en el mar, y que ninguna autoridad quería cubrir. Según se decía, esperaban que el hedor de las aguas fecales, estancadas durante el verano, y el estado ruinoso de los edificios acabaran de echar a los vecinos. Querían ampliar hasta la playa la avenida principal de Espriu por El Canal. Sin embargo, lo único que había ocurrido es que, si un piso se quedaba vacío al morir su inquilino, lo invadían los gitanos y los yonquis. Aún había muchos yonquis en aquella época.

Vienen otros recuerdos: la tarde que acompañó a Tamara a la casa de su *iaia*. A diario veía al abuelo recoger a Tamara de su clase de inglés con una kipá en la calva. Ellas no iban a un colegio religioso, y cuando su amiga le confesó que su familia era judía, le produjo una sensación rara. Como si no perteneciese a la raza humana.

Mientras que con el abuelo incluso había hablado en alguna ocasión, a la abuela tardó mucho en conocerla. Tamara la envolvía de reverencia y misterio. «Casi no se puede mover —decía—, y cocina, sin levantarse de la silla, el mejor arroz al horno de la ciudad.» Cuando almorzaba con su abuela, lo mantenía en secreto. Ella se enteraba a base de preguntarle. Tamara terminaba soltándole: «Vamos a casa de mi *iaia*. Como se lo chives a alguien, te mato». Ella callaba porque visitar a una anciana no le parecía un secreto digno de ser contado.

Su amiga la llevó a escondidas adonde su *iaia*. Le sorprendió que estuviera en El Canal, en una de esas edificaciones vetustas con la fachada ennegrecida. Esta primera impresión no fue nada comparado con lo que vio al cabo de un pasillo de terrazo que no casaba con el papel pútrido de las paredes. La abuela flotaba en el techo. Era una vieja obesa que olía a berenjena quemada y permanecía en una esquina del salón, junto a la barra de la cortina. Les daba la espalda y observaba la calle. Atravesaron la estancia sigilosas hasta ponerse debajo de la *iaia*, cuyos muslos acumulaban tanta grasa que, desde el suelo, sólo se veían colgajos de carne. Las plantas de los pies, pequeñas y perfectas, parecían los de una niña aplastada. Ella empezó a tiritar, y Tamara expelía algo desafiante, quizás despechado. Abandonaron el cuarto caminando hacia atrás sin dejar de mirar a la anciana. Cuando iban por la mitad de la habitación, su amiga se tropezó con una mecedora. La abuela se giró y las contempló fríamente, como si fueran muebles. Tamara se puso roja.

Esa tarde, sentadas en el parque, su amiga le explicó que la vieja flotaba porque estaba llena de gas. «Un gas que viene del centro de la tierra.» Ella no fue capaz de preguntarle cómo era posible que la *iaia* voladora se las apañara para guisar el mejor arroz al horno de la ciudad. Imaginó que habían subido la cocina al techo. Lamentó no haberle insistido a Tamara para que le enseñase el resto de la casa, aunque por otra parte le habría repugnado quedarse mucho más tiempo en aquel hogar donde todo estaba roñoso y apestaba a mojama.

¿Cómo había podido olvidarlo? ¿Qué pasó para que aquella experiencia, que tendría que haberla hecho dudar de la realidad entera, hubiese sido sustituida por otra? Quizás le resultó tan fantástica que la asimiló a un sueño. Tal vez su excepcionalidad impidió que la procesara. De los días posteriores a esa visita sólo recuerda el dolor. Un sufrimiento áspero y callado. A la mañana siguiente, cuando subió al autobús escolar, vio que Tamara se había sentado con Juana. Su amiga ni siquiera la miró. Juana, una niña flaca, sucia, que conseguía que no la marginaran a base de inventar chismes, le dedicó una sonrisa malévola. Ella espiaba desde su asiento a la parejita y se topaba con la revancha de aquella chiquilla agria, a la que no le bastaba que Tamara la hubiese elegido para ser su compañera, sino que tenía que restregárselo. Le parecía tan increíble la metamorfosis de su amiga que se sintió con derecho a hablarle como si no hubiera pasado nada. Debería haberle bastado la determinación con la que Tamara salió del aula para ir al recreo, sin dirigirse a ella ni una sola vez y sin apartarse de las demás chicas, con las que compartió su tentempié de cuerno de chocolate. Pero no fue suficiente. Comenzó a actuar como si su amiga se estuviera equivocando. ¿Es que no se daba cuenta de que el resto eran unas intrusas? Ver a la jauría de nenas masticando sus bocaditos de cuerno relleno de cacao la hizo tener un motivo para arrancar a Tamara de aquellas impostoras. La frase le brotó desvaída de los labios. «Se están aprovechando de ti.» Sólo se oyó el «ti» a la manera de un gruñido lastimero. Todas las niñas se callaron, y Tamara dijo con voz alta y clara: «¿Quieres dejarme en paz de una vez? Me das asco».

Durante meses ese «Me das asco» la impregnó de un halo nauseabundo y vergonzoso. Ella, que siempre había sido aguerrida, empezó a esconderse, incluso a temblar cuando sus compañeras la señalaban y cuchicheaban. La traición de Tamara la sumió en esa depresión hosca de las niñas que jamás admiten su derrota. «¿Mal yo? Pero ¿de qué coño vas?», le soltó un día a su madre, que le cruzó la cara por decir «coño». Durante un curso entero se sentó sola en su ruta.

No la odió. Sólo la echó de menos. La observaba desde lejos, tratando de que no se diera cuenta, y se juntó con las marginadas de su clase. La marginación tenía categorías: gordas, feas, empollonas, sosas, puritanas, chivatas y marimachos. La adolescencia la abdujo sin saber qué etiqueta le había caído a ella y vagando por el parque que separaba Espriu de El Canal. Puesto que no acudió a su memoria la abuela de Tamara flotando en una esquina del salón, tampoco relacionó nunca el desplante con aquel acontecimiento. Sí se acuerda de haber ido a La Calavera en busca de esos seres despedazados que, según su amiga, venían del centro de la tierra. Sólo encontró kleenex usados, latas de cerveza vacías, colillas.

Una noche volvió borracha y aburrida a su casa tras un botellón. Previo a enfilar su calle, se quedó un rato quieta en la linde del parque, al acecho. Quería asegurarse de que estaba vacío, y también de que nadie la vigilaba. Ambas cosas eran imposibles; los abigarrados palmitos, las cicas a ras de suelo y el grosor de los troncos de los ficus facilitaban el ocultamiento de los malhechores.

Fue a La Calavera. Siguió la misma senda que recorría casi todas las tardes y se metió en el hueco entre los matorrales, desde el que se veía una luna de tono amarillento, como un diente con sarro. Iba con mucho miedo; estaba segura de que se encontraría a alguien dentro. A alguien que la esperaba sólo a ella. Pero eso no la impidió avanzar.

Esperó a que sus ojos se adaptasen a la oscuridad, y fue entonces cuando algo refulgió. Parecía plástico, y al mismo tiempo carne. Aquella cosa se desplazaba lentamente, emitiendo un siseo. Pensó en una culebra. En una serpiente demasiado rígida y gruesa. Se marchó corriendo.

En la cama todo palpitaba.

A la mañana siguiente atribuyó sus visiones al mareo de la borrachera.

Cuando cumplió los dieciocho, Tamara volvió a hablarle. Coincidieron en el escaparate de una tienda de discos. «Voy a comprarme el de *Portishead* –le dijo–, ¿me acompañas?» Estuvieron un buen rato ante la «P» de Portishead repetida en la chaqueta negra y en la pantalla que salían en la carátula. Portishead le sonaba bien. Portishead-Tamara. Fueron hasta el parque y se sentaron sobre el césped para seguir hablando de música y de cuando jugaban en esos arbustos emparentados con los esqueletos. No mencionaron los seis años que llevaban sin dirigirse la palabra, como si lo sucedido entre los doce y los dieciocho se hubiera abolido. Luego se internaron en El Canal. Algunas de las casas antiguas habían sido ocupadas. En sus patios servían cerveza y calimocho, y sonaba el ska. Primero recalaron en una de las okupas, y tras unos cuantos botellines, caminaron hasta la otra. Estaba en la calle donde vivían los abuelos de Tamara. Habría incluso jurado que se trataba de la misma vivienda.

Sus recuerdos del día de la visita a la *iaia* eran difusos. Incluían un arroz al horno que una vieja obesa que no flotaba en el techo había servido a los padres, los hermanos y al abuelo sin la kipá, en una mesa que ocupaba casi todo el salón, y que obligaba a no ir al baño hasta después del postre para que el resto de los comensales no tuviera que levantarse. No sabe qué hicieron después ni por qué ese día comió donde la abuela de Tamara. La imagen se congela ahí, con el regusto del ajo, la patata y el garbanzo mezclado con el del arroz y el de las pantorrillas gordas de la *iaia*. Como si las piernas de la anciana fuesen un ingrediente fundamental del guiso.

La okupa era un inmueble de dos plantas con terraza y azulejos blancos y azules en la fachada, como pequeñas islas sucias. En los últimos años, en los que se había adentrado por El Canal paseando no hacia la playa, sino hacia el norte, hasta llegar a las huertas, evitó escrupulosamente esa travesía. Cuando por error se daba de bruces con ella, huía con la vista fija en el suelo, confiando en que su renuencia a mirar la mantuviera a salvo de un encuentro con Tamara. Sus incursiones por El Canal no tenían que ver con su amiga, sino con la leyenda negra del barrio, que se perdía en el tiempo (en verdad, en el corto tiempo que ella había vivido). Parecía que sus habitantes poseyeran cualidades distintas a los del resto de la ciudad, y en no pocas ocasiones había seguido a alguien con la esperanza de que su deambular por las callejas escuetas le descubriera algo que no estaba a su alcance. Una ciudad secreta. Unos cuerpos procedentes de la roca o del mar.

«Podríamos ver la okupa entera», le dijo a Tamara. Al entrar, habían franqueado un vestíbulo rodeado por estancias sin puertas; la amplitud del espacio la hizo dudar de que aquélla hubiera sido la vivienda de la familia paterna de su amiga. La breve escena archivada en su memoria acontecía en un habitáculo pequeño, asfixiante. ¿Quizás la casa se alquilaba a varios inquilinos? ¿Se apilaban antes las familias humildes en las antiguas villas de veraneo de los pudientes? ¿Qué sabía ella del barrio? ¿Por qué se había dedicado más a imaginarlo que a leer sobre su historia?

Estaban sentadas en banquetas minúsculas, en un patio con arriates donde crecía un amago de huerto con yerbajos secos. En el piso de arriba había una terraza con farolillos, velas y más gente, y aunque al principio les dio la impresión de que la terraza no estaba abierta a los visitantes, sin otra razón para ello que el que nadie les hubiera indicado por dónde subir, se les ocurrió que podían comenzar su exploración por allí. Se pusieron en pie, y sin preguntar, se internaron en la oscuridad de las habitaciones hasta encontrar la escalera.

Entonces estuvo segura de que sí, de que aquélla había sido la casa de los abuelos de su amiga, y de que pisaba por segunda vez un lugar cuya esencia había sido arrasada y al mismo tiempo pervivía. El abuelo con la kipá y la *iaia* estaban en algún peldaño, o en una de las habitaciones, sentados a plena luz del día claro del levante, con los visillos remoloneando en el aire.

La escalera exhibía un terrazo mellado. Los escalones eran altos; la franja luminosa bajo la puerta que los coronaba quizás las arrojaría a un cuarto al que convenía no asomarse. A lo mejor era el mismo que ella atesoraba en su recuerdo. No se preguntó por qué le daba tanto valor a aquella remembranza difusa, aburrida: ella comiendo con la familia paterna de su amiga, el tenue asombro ante unas piernas gordas.

Abrieron con recelo porque no se oía nada. Un silencio de paredes vacías había caído sobre ellas tras salvar los peldaños, y empujaron la puerta esperando toparse con alguien durmiendo, o desnudo. Pero lo que encontraron fue la terraza; por el modo en como las miraron, supieron que no eran bien recibidas. Debía de tratarse de un espacio reservado a los moradores de la okupa. Una chica con una cresta roja, un top negro, una falda escocesa y unas mallas punteadas por rotos e imperdibles les dijo: «¿Buscáis a alguien?». Esa chavala cabía entera en la expresión «Una punki del barrio del Canal». Tamara y ella la contemplaron boquiabiertas. La frase «Una punki del barrio del Canal» protagonizaba historias en el patio del colegio. «Le atracó una punki del barrio del Canal», «Su novia es una punki del barrio del Canal», «Se fue de su casa y se convirtió en una punki del barrio del Canal». A las punkis del barrio del Canal las veían los viernes por la tarde de lejos, en la rambla donde estaban los pubs en los que se reunían los de tercero de BUP y COU de su cole. Era la primera vez que tenían a una de cerca, una que además les hablaba. El maravillado estupor ante la punki fue sustituido por la vergüenza de no ser capaces de soltar prenda. Se notaba a la legua que eran dos niñas bien de Espriu. Huyeron abochornadas, y sólo cuando llevaban un rato andando y empezaban a disfrutar de la soledad, ella se atrevió a preguntarle a su amiga si esa okupa era donde había vivido su *iaia*.

Tamara se carcajeó.

—¿Estás pirada? —Tras un silencio, su amiga continuó—: Mis abuelos tenían un piso en Benicalap. ¿Te acuerdas del día que viniste a comer?

Hacía apenas un par de horas que le había golpeado con insistencia la estela de aquella comida, y sin embargo no podía decírselo. De repente, no le parecía un vestigio real. La impresión de habérselo inventado era poderosa. Que Tamara estuviese participando de la farsa la aterró.

—Me voy a casa.

Su amiga supuró desprecio. Advirtió un retintín en su voz cuando le dijo:

—¿No quieres ver el piso de mis abuelos?

Atravesaron el barrio hacia el sur, tapándose la nariz cuando pasaron por el desaguadero. El paisaje de modestas casas de pescadores salpimentadas por las antiguas villas de veraneo cambió por otro de edificios de ladrillo de tres alturas. Tuvo ganas de dar media vuelta y dejar a Tamara sola. Iba detrás de ella, como si en vez de estar en una ciudad, hicieran una larga marcha por un desfiladero. Miraba la espalda de su amiga, con su cabello largo, abundantísimo y negro, y el suelo para no tropezar. Las aceras lucían inusualmente oscuras, y en dos ocasiones estuvo a punto de caer de bruces no por las resquebrajaduras del pavimento, sino como cuando sobreviene un escalón inesperado. Esa sensación, que dura las milésimas de segundo que tarda el pie en encontrar apoyo, y que hace creer al cuerpo que ha pisado un agujero, un abismo, procedía también de la larga melena de Tamara. Temía que ésta se girase y tuviera otro rostro, los rasgos de aquella abuela gorda y deforme que flotaba en el aire, hecho que, de súbito, recordaba. Su aprensión contrastaba con el sosiego nocturno. Era ya más de la una de la madrugada y los bares estaban cerrando. Frente a los locales se disolvían lentamente, como se consumen las brasas de un cigarro arrojado a la calzada, los grupos de gente que habían salido a cenar. Llegaron a una plaza en la que unos chicos bebían cubalitros. Estaban en un bordillo y les silbaron.

–La casa de mis abuelos era ésa –dijo Tamara.

Le señaló un balcón corrido, estrecho, triste.

–Pues estaba confundida –respondió ella.

La impresión de locura y de que Tamara le tomaba el pelo se desvaneció.

Ese verano deambularon juntas por la ciudad vacía, ignorantes de que nunca más las calles iban a estar desiertas de ese modo. Se recorrieron varias veces El Canal, se metieron por las carreteruchas de las huertas que serpenteaban hasta la playa, donde a la caída de la tarde se quemaban rastrojos y todo se cubría por una capa de humo azulado. Sólo iban las motos y los perros por esos andurriales. Un par de noches se aventuraron por otros barrios para saber cómo eran con sus tiendas cerradas, en pleno agosto y entre semana, bajo la luz naranja siempre insuficiente de las farolas, a la que filtraba la hojarasca de los plátanos y una tersa humedad. Ellas no sudaban. Tenían esa edad en la que el calor se soporta mejor que el frío, y pasaban el mes a solas. Sus padres y sus hermanos se habían ido de vacaciones. Compraban hachís y lo fumaban en una tasca donde se permitían los petas, y luego se hacían confesiones en el césped del parque, frente a una litrona que iba recalentándose, de la que sólo bebían para quitarse la sed.

Agosto tuvo la intensidad de toda la infancia. Luego llegaron septiembre, los padres, la gente. Ya sólo se vieron en secreto de sus respectivos círculos de amistades. Quedaban frente a La Calavera, de donde surgían murmullos, bisbiseos de algo que se arrastraba por el suelo. Ella evocaba los seres de los que le habló Tamara hace años, semejantes a colas de lagartija, y también, y sobre todo, a la anciana gorda. La pregunta seguía ardiéndole en la boca.

Se matricularon en universidades distintas. Su amiga optó por Psicología y ella por Humanidades. Durante un tiempo más, se llamaron por teléfono y quedaron algún que otro domingo, hasta que Tamara se cambió de barrio y se perdieron la pista.

PARÍS *PÉRIPHÉRIE*

No me gusta mirar los mapas. Tengo una suerte de dislexia con ellos y, si no extremo mi atención, confundo las calles, de tal manera que cuando busco, por ejemplo, la plaza del Mar, camino hacia el lado contrario, hacia la avenida de las Islas, y no porque líe las direcciones, sino los nombres. Mi memoria los cambia de lugar. Me asombro entonces de avanzar en sentido inverso –porque mi intuición, a la que nunca obedezco, no suele fallar–, pero aun así, me digo: la plaza del Mar está por aquí, lo he visto en el mapa. Y continúo, ajena a los letreros y fiel a un itinerario loco.

Hoy es uno de esos días en los que consultar un plano puede no tener remedio. Acabo de apearme en Carrefour Pleyel y busco el Centro Administrativo y Social que se encarga de los barrios de la periferia norte. Mañana cumple el plazo para tramitar la CAF, una beca que me permitirá seguir viviendo en una residencia de la Mairie de Saint-Ouen durante los próximos seis meses. Observo atentamente el andén, como siempre que bajo por primera vez en algún sitio y a pesar de que todas las estaciones me parecen iguales. La salida está justo en la avenida de Anatole France, la cual, a juzgar por el número del centro, el 345, ha de ser enorme.

Atravieso un túnel para salir por los impares. Frente al metro hay unos cuantos cafés, y a continuación un hotel; el 357. La avenida es, en efecto, interminable; desde donde estoy, mirando hacia el sur, no atisbo el final. Los edificios lucen feos, soviéticos, con apesadumbrados colores sucios. Llego a una casa que hace esquina, de ladrillo blanco, y siento la amenaza de tormenta. El moho de las paredes, insólitamente seco, y el jardín tupido y asilvestrado por el descuido y las lluvias me producen una sensación de extrañamiento que reconozco.

El número es tan grande que al principio lo tomo por otra cosa. Está colgado en la verja, en un panel rojo. El 323. Debajo, hay un letrero naranja sujeto con unos alambres que dice: SE VENDE. Caigo en la cuenta de que faltan diecisiete números, así que doy media vuelta y salvo una rotonda. No sé hacia dónde dirigirme. Una carretera con tres rascacielos modernos y fríos sigue a Anatole France, y ninguno tiene aspecto de albergar el Centro Administrativo y Social. Sin embargo, no me rindo.

Empieza a llover. Compruebo que no es en la carretera donde se encuentran los rascacielos, sino subiendo una rampa que se desvía hacia la izquierda. La carretera continúa hasta la autopista. Los barrios de la periferia norte se extienden más allá; son una réplica triste y diluida de Carrefour Pleyel, y durante el breve instante en que los contemplo me provocan una inquietud indefinible y placentera. Pienso que tal vez sea necesario rebasar la autopista para encontrar la otra parte de la avenida, pero de momento opto por la rampa. Avanzo. No hay ningún cartel indicador; estoy ya casi segura de que no voy a ninguna parte. Sigo avanzando. Cuando alcanzo los rascacielos, descubro que están rodeados de un parking lleno de camiones.

Segunda opción: atravesar la autopista. Cojo la carretera, que se corta. Me detengo ante el terraplén para observar la vorágine de coches, que pasa a una velocidad extenuante bajo la tormenta. Tengo los pies mojados. Cuando llego a mi cuartucho de la residencia, llamo a Michel y escucho el buzón de voz en francés. Escribo en mi diario: «Aunque vuelva todos los días, no daré jamás con el sitio». No es suficiente para desahogarme. Busco en la estantería un libro de artículos de Marguerite Duras, *Outside*. Sé que uno de ellos trata de los suburbios de París. Leo que no existen mapas de la periferia. Que es imposible hacerlos. Que los hay de las antiguas villas, como la de Saint-Denis, antes de la construcción de las *banlieue*. Las *banlieue*: reverso de los bulevares franceses, vacíos, de los que los árabes han huido como si fueran ratas.

Al día siguiente me olvido de mis aprensiones y salgo por los números impares decidida a preguntar. Me dirijo a una mujer vieja que me dice que no hace falta abandonar el subterráneo, que el centro está al final de un corredor que parte desde la salida por los números pares. No tiene pérdida.

Cruzo la avenida, bajo por los números pares. No hay ningún corredor. Escojo entonces el pasillo de los impares. Retrocedo hasta las taquillas y entro de nuevo en los andenes. Sé que es absurdo, pero nunca se sabe. Exhausta, pregunto otra vez. Tres personas me responden lo mismo: ignoran dónde está el centro, y en cualquier caso es mejor que retorne a la calle y pregunte allí. En la calle ya no pregunto más. Llamo a Michel desde una cabina.

—Mujer —me dice—, ¡pero si está justo al salir!

—Yo no lo veo. ¿Dónde estabas ayer? ¿Dónde te has metido estos cinco días? Te dije que a lo mejor te llamaba para que me ayudases.

—¿Dónde estás tú?

—Ya te lo he dicho.

—¿No ves un edificio de cristales enfrente del metro?

—No hay ningún edificio de cristales. ¿Dónde has estado?

—Hay un edificio de cristales. ¿Seguro que es Carrefour Pleyel? ¿Debajo de la torre Pleyel?

—Debajo de la torre Pleyel.

—Entonces tal vez me esté equivocando. Déjame pensar. ¿Quieres que vaya? Fijo que allí hago memoria.

—¿Dónde estabas ayer?

—No voy a contestar a eso. Hoy expira el plazo, y si quieres que sigamos juntos es mejor que te des prisa.

—Lo sé.

—Espérame ahí, llego en media hora.

—No quiero que vengas.

Cuelgo. No me quedan más monedas. Es el fin. Pienso que no pienso en Michel, que nunca en mi vida he pensado en él. Mejor aún: que en lo que me queda de existencia no va a ser ni siquiera un recuerdo. Tengo recuerdos de vacas y de ovejas. Incluso de escupitajos verdes y palpitantes sobre la acera. Pero de él nada. Cero. Me gustaría gritárselo y reírme. Es una frialdad que espanta, que libera. Estoy a punto de irme cuando echo un último vistazo a lo que hay más allá de la autopista. Al igual que el día anterior, la visión de Saint-Denis envuelto en brumas me provoca una sacudida que bascula entre la fascinación y el pavor. Me digo que puedo darme un garbeo, penetrar en esa imagen que me resulta tan atractiva y de paso, si me topo con el centro, llamaré a Michel y le diré que lo he encontrado, pero que me largo. Que tengo los papeles de la beca en la mano, que estoy sentada en la taza del váter y que me dispongo a mearme en ellos.

Miro el paisaje con una atención sonámbula, devoradora. El primer tramo del camino que atraviesa la *autoroute* lo constituye una senda que se precipita por una vaguada y pasa bajo un puente de hormigón. Los coches hacen un ruido atronador, retenido y amplificado por el puente. Corro. Me tropiezo. La senda se deshace en yerba y he de subir por un talud y saltar un pretil cuya presencia ahí, en un descampado al borde de la vaguada, no logra remitir a civilización alguna. Del baldío parten nuevas sendas, y detrás queda la autopista, el caos del mundo entero. No necesito acercarme mucho para asegurarme de que aquí no voy a encontrar nada. Solares invadidos por grandes paneles publicitarios, una chatarrería, un recinto alambrado con coches de ocasión, lleno de banderitas de colores que se mueven frenéticamente con el viento. Naves industriales cerradas y en silencio. A unos setecientos metros la ciudad resurge. Veo los carteles de los supermercados, las pequeñas tiendas de las que salen mujeres cargadas con bolsas. No me molesto siquiera en mirar los números. Vuelvo a meterme bajo el puente, donde me detengo hasta que el ruido y la certeza de estar al borde de mí misma se me hacen insoportables. Cuando salga de aquí, me digo en un intento de recuperar el hilo, cuando salga, llamaré a Michel para que me acompañe.

MYOTRAGUS

Ella cortó la carne con agilidad y se la metió en la boca. Antes había torcido el gesto, como si ya hubiera decidido que algo en el aspecto del asado era susceptible de la mayor de las dudas. Él no le dio importancia; al fin y al cabo, esa mujer llevaba todo el fin de semana arrugando la nariz. Aquella mañana, mientras esperaban en la Gran Vía de Colón a que el semáforo se pusiera en verde, ella deslizó la mano por el bolsillo de él. La saludaron unos conocidos y hundió aún más la mano en el abrigo, apretando el puño. Quizás quería que él la protegiera de esa gente, un matrimonio de funcionarios que la miraban con recelo y una vecina que le hizo una vaga señal cómplice. Se las ingenió para abarcar el puño en tensión. Sintió ternura ante el inesperado miedo. Se acordó de su hija cuando tenía pocos años y algo —un perro, otro niño— la aterrorizaba. Alzaba a la niña en brazos y la consolaba sin lograr que los pequeños puños pegados a su espalda se abrieran. Aparte de su hija, nunca había visto a nadie que guardara el temor en las manos. Se ilusionó con que ella compartiese algunos rasgos de carácter con su niña. La ilusión le duró poco: cuando sus conocidos se despidieron, ella sacó la mano del bolsillo. Sólo había querido mostrarles a esos conocidos que tenía un ligue, y su puño cerrado se debía a que no deseaba en realidad darle la mano.

—Esto no es choto —le dijo la mujer ahora.

Él se estaba colocando las gafas; ya no era capaz de comer sin ellas. Se tomó su tiempo antes de catar el asado. La mujer se metió en la boca dos pedazos más, que masticó y tragó mientras negaba con la cabeza. Llamó al camarero. Cuando éste llegó a la mesa, él se apresuró a probar un trozo para dilucidar si era choto o no.

—Esto no es choto —le dijo ella al camarero con aspereza.

Él pensó que, al igual que su esposa, muerta hacía un año, aquella individua no podía estar en ningún sitio sin dar la nota.

—Eso es choto de primera calidad, señora —respondió el camarero.

—No es choto. Yo conozco bien el choto. Lo he comido muchas veces y lo preparo en casa cuando vienen mis hijos. Sé perfectamente que esto no es choto.

—Puedo enseñarle la carne.

—Ya estoy viendo la carne que me interesa. Me da igual lo que tengan en el congelador.

—Si quiere, le servimos otra cosa.

—Lo que quiero es una bolsa de plástico. Trabajo en un laboratorio y voy a analizar si esto es choto. Si no lo es, pondré una reclamación. Él hará de testigo.

Le señaló con un dedo acusador, como si él también fuera un falso choto.

El camarero se fue a por la bolsa.

—Espero que no tenga agujeros —dijo ella cuando se la trajo, y a continuación cogió la pierna de cabrito y la introdujo en el plástico.

La enrolló bien y la guardó en el bolso. Cuando abandonaron el local, después de que ella le hubiera explicado cómo iba a proceder para analizar la muestra y de exponerle, orgullosa, cuántas veces había denunciado a los restaurantes gracias a la diligencia de su laboratorio —hasta siete reclamaciones porque la carne no era la que ponía en la carta—, él le dijo que sí le había parecido choto. Entonces ella se calló y ya no hablaron hasta que él decidió marcharse a su casa, que estaba en otra ciudad. Al llegar al coche, ella le confesó que había pasado demasiado tiempo sola. Estaba nerviosa. De todos modos, iba a examinar el trozo de carne.

La cabra-rata de Mallorca se extinguió hace unos cinco mil años, y ahora se recreaba a través de dibujos, e incluso había un vino cuyo logo era una interpretación muy libre del extinto animal. La ilustración que lucían las botellas llevaba a pensar en un macho cabrío diabólico, y también en un sátiro viejo que perseguía a mujeres y era capaz de presentarse en las noches, como un fantasma. Hay evidencias de que la cabra-rata sirvió de alimento a los pobladores humanos del Neolítico debido a la cantidad de restos óseos encontrados en cuevas, lo que da para especular que su carne era sabrosa. Los científicos creen probable que su extinción se debiera a la voracidad del hombre del Neolítico. Asimismo, se sabe que la cabra-rata balear, atrapada como estaba en Mallorca, tuvo dificultades para encontrar alimento. Con el fin de adaptarse a los escasos recursos de la isla, se volvió como un reptil. Su sangre se tornó fría, y cambió su tasa de crecimiento y su metabolismo para adecuarse mejor a la vegetación. Pesaba trece kilos, medía cincuenta centímetros y tenía las patas traseras cortas. No era ágil, aunque tampoco lo necesitaba: no había depredadores en el archipiélago. Salvo el hombre, claro. Su cerebro era pequeño, lo que la condenaba a la lentitud. Recargaba energía con la exposición solar, como las lagartijas, y su cabeza se nos antojaría hoy exótica, pues sus globos oculares no se orientaban hacia los lados, sino hacia el frente; además, tenía un morro chato y una mandíbula grotesca.

El archiduque Pedro Juan, en la terraza de la *muntanyeta*, pensaba con angustia en el myotragus. La madrugada anterior un animal le había salido al paso mientras caminaba hacia los acantilados. Era noche cerrada, pero el archiduque recorría los contornos en la oscuridad, e incluso podía ir con los ojos cerrados sin errar por algunos de los senderos de las tierras que colindaban con Son Moragues, como el que permitía la contemplación del mar desde las alturas. Había desarrollado la visión nocturna. Le gustaba practicarla cuando el cielo se encapotaba o no había luna. En esas ocasiones, él atisbaba el raro movimiento de la corteza de los árboles, cuyas grietas se desplazaban hacia los lados y a veces abrían huecos a los que no osaba acercarse. Sabía que esos huecos no contenían madera suave, que no eran la carne viva de los troncos, sino abismos que se lo tragarían. El movimiento de la corteza recordaba a las procesiones de hormigas. De repente, el bosque estaba poseído por todas las especies de formícidos halladas en sus viajes a otras regiones más calurosas y agrestes. Tenía que desviar la mirada hacia el suelo, pues llegaba un momento en que el baile de los árboles se cernía sobre él. Esas hormigas, tal vez ilusorias, parecían rondarle para subir por sus piernas.

Pero lo sucedido ayer fue distinto. Cuando ya el viento olía a salitre y se aproximaba a un trozo de senda ribeteado de genistas, surgió entre los arbustos un animal que no tenía nada de esa irrealidad que el archiduque había aprendido a ver. Ese animal era bien real, y aunque estaba muy oscuro, se dio cuenta de que le miraba. Aquel ser no pertenecía a ninguna especie conocida. No era un jabalí, ni una cabra, ni una oveja, ni una liebre ni mucho menos un perro. Además de su estrambótica forma, al archiduque le había asombrado que aquella criatura se moviese con una torpeza idéntica a la suya. El bicho tardó un rato en atravesar el camino y perderse entre los matorrales, y mientras lo hacía, el archiduque pensó que esa bestia debía de tener su misma enfermedad.

Padecía elefantiasis. Su costumbre, que muchos desconocían, de caminar durante la noche, o de pasarla al raso en alguna de las terrazas de la finca, atento al ruido nocturno, estaba relacionada con su dolencia. La elefantiasis le impedía que su caminar fuera como el del resto de los hombres, y en la penumbra se sentía a salvo de la mirada de los demás. Tardaba horas en alcanzar los acantilados, pero nadie le veía. Era libre de ir todo lo lento que necesitaba. Un criado sordomudo le llevaba de vuelta a Son Moragues al trote de un caballo andaluz que tiraba de una calesa. Llegaban a la finca antes de que amaneciera. Aquel criado era de trato difícil, pero él lograba que le entendiese y que no se le escapara, como le había ocurrido con otros sordomudos a los que tuvo a su servicio. Al archiduque se le quería por esta y otras cosas; mucha gente le consideraba un benefactor y un idealista, aunque no eran menos los que le odiaban.

Este criado, que parecía entenderse con su señor en un lenguaje secreto, servía para otros menesteres más turbios. En ocasiones, el archiduque le pedía que reclutara a un par de muchachas. El sordomudo viajaba al otro extremo de la isla y escogía a dos adolescentes entre la gente más humilde. Cuando todo el mundo dormía, las jóvenes esperaban desnudas en un claro del bosque, con piedras atadas a los tobillos para que no corrieran. El archiduque jugaba a cazarlas. Ellas se arrastraban hasta que las atrapaba; entonces el criado aparecía y participaba de la orgía. Al día siguiente las infelices, con las piernas quemadas por la cuerda y los muslos sucios de sangre seca, eran devueltas a sus familias junto con viandas, dinero y una recomendación de puño y letra del archiduque para que se presentaran como candidatas al servicio de las familias pudientes del lugar.

Pero hoy, en la terraza de la *muntanyeta*, ni el recuerdo de la noche más orgiástica podía competir con la extrañeza producida por ese animal del que ya sabía el nombre, o eso creía: el myotragus.

Se había acordado de esa especie extinguida gracias a su visita al Museo de Historia Natural de Londres, donde le mostraron los huesos petrificados de ese bicho que, según entendió, era una mezcla de cabra y rata. Dorothea Bate, la paleontóloga que halló los primeros restos fósiles, le explicó que había desaparecido hacía miles de años. El archiduque vio asimismo algunos dibujos hechos a partir del esqueleto de la cabra-rata, que lucía majestuoso y simple en una vitrina. Le obsesionaron esos dibujos. Le fascinaba todo lo relacionado con Mallorca. Desde que llegó a la isla, había pagado a etnólogos y geólogos para que la investigaran. Él mismo había hecho no pocos viajes para conocer bien el lugar, y había escrito algunos libros sobre las Baleares. En sus tierras sólo crecían plantas autóctonas, y tenía a botánicos catalogando la flora de todas las comarcas. Hacía vino y aceite de oliva con variedades de uvas y aceitunas que sólo se encontraban en la región, y había creado un Museo Agrícola. A los pintores que pasaban largas temporadas alojados en S'Estaca les encargaba cuadros del paisaje, y exigía tal literalidad que las pinturas acababan pareciendo reales. También había tenido a paleontólogos recogiendo fósiles, a ornitólogos y biólogos, y hasta al célebre naturalista Odón de Buen, con el que mantuvo largas disquisiciones sobre la teoría de la evolución de las especies en su casa de Miramar. El archiduque creía que todo estaba bien catalogado y listo para exponerse a sus invitados, como si la isla entera cupiese en una vitrina. Se ufanaba de lo que había hecho por Mallorca. Aquel animal que le salió al paso en plena noche, con su caminar semejante al cojeo mustio de la elefantiasis, le hería el orgullo.

Barruntó ordenar a sus sirvientes que recorrieran la Tramuntana, pero le paralizaba que aquella visión hubiera sido un delirio, que la gente empezase a murmurar.

Decidió esperar a que volviera a aparecérsele. Ignoraba si el myotragus era nocturno o diurno, y multiplicó sus salidas. Una madrugada en la que el criado sordomudo le trajo a dos púberes, sólo pudo sentarse en una piedra a fingir que contemplaba cómo Nicanor daba cuenta de ellas. En verdad miraba entre los matorrales, y por tres veces se levantó y buscó por los lentiscos, pues había oído ruidos. También reparó con un poco más de detenimiento en las jóvenes. Se sintió un viejo verde de caprichos extravagantes y estúpidos. Quizás por eso ordenó al sordomudo que se llevara a las muchachas a la cocina de Son Moragues y les sirviese los restos del cabrito que habían comido a mediodía, para que al menos hicieran el viaje de vuelta bien alimentadas. La gente del servicio no se desconcertó al verlas, ni tampoco sus huéspedes, un aclamado poeta nicaragüense y un coreógrafo que planeaba un espectáculo de danza en Palma para celebrar el nombramiento del archiduque como ciudadano honorario. Parecía que todos los que vivían en la finca hubiesen asistido a sus bacanales, y contemplaban a las adolescentes de la misma forma que a las tripas de sobrasada. Luego se supo que una de ellas, la más flaca, le suplicó a una criada que la ayudara a quedarse en el servicio.

—En mi casa son pobres y ahora ya no podré casarme —dijo.

La criada fue a hablar con la administradora, quien a su vez habló con el archiduque.

—Está bien —consintió éste—, pero no la quiero cerca. Mandadla a S'Estaca y decidle que se guarde de contar cómo ha llegado hasta aquí.

Temió ser el hazmerreír de su finca. ¿Qué se sabía sobre sus aficiones sexuales? ¿Le guardaba lealtad su criado? Nunca había visto a Nicanor comunicarse con nadie, pero quizás ese era su talento. A lo mejor tenía alianzas con la administradora o con el capataz. Se los imaginó a todos entre los árboles, escondidos por el criado, dando grititos de estupor y júbilo ante la visión de aquel viejo con las piernas deformes. Luego apartó esa fantasía.

Durante las madrugadas siguientes, tomó siempre la senda de los acantilados y se paró donde la cabra-rata le había sorprendido. Permaneció ahí más de una hora cada vez, pero fue en vano. Incluso estimó que había perdido su capacidad de ver los movimientos nocturnos del bosque. Las cortezas de las encinas no dibujaban más que las formas del musgo seco, y sólo unas cabras salvajes rompieron un silencio monótono y agotador. Esas noches, al llegar al final del sendero, recorrió el paseo de los acantilados, hecho de toscas piedras de granito. Las piedras parecían una vereda natural. Había construido un mirador discreto en la punta más occidental del paseo, con asientos de roca en los que descansar sus piernas hinchadas. Contempló con tristeza y cierta desesperación el mar, una espesura negra con luna decreciente balanceándose en la suave agitación del agua. Aunque el Mediterráneo nunca era amenazante, a él le daba pavor estar allí solo. Resistió sus deseos de precipitarse contra las rocas y miró los acantilados, la negrura del Mediterráneo, la bruma tímida. ¿Qué le aguardaba el futuro con su elefantiasis, sino inmovilidad?

Estaba amaneciendo; los acantilados ya no le inducían al suicidio. Se montó en la tartana y dormitó hasta que llegaron a la casa. Luego desayunó copiosamente con huevos y sobrasada. Seguía preguntándose qué debía hacer con la cabra-rata. Compró doscientos chotos, tuvo a sus sirvientes cebándolos durante unos días, y cuando estuvieron lustrosos, los soltó por sus fincas a la caída de la tarde. Salió cinco jornadas seguidas con Nicanor y un fusil. Desde que era un adolescente necesitaba cazar. Había matado ciervos, elefantes, corzos, gacelas, jabalíes. Los chotos iban detrás de las cabras salvajes buscando que les dieran de mamar, pero las cabras los apartaban de una patada, y enseguida hubo grupos de animalitos exhaustos bajo los árboles. Hacían asimismo amago de seguir a los humanos. El archiduque los mataba de un solo tiro, no sin antes pasar unas cuantas horas al acecho del myotragus. Su consternación se hizo más profunda y dio fiestas en varios pueblos de los alrededores. Eran celebraciones fastuosas en las que se invitaba a carne asada. Después de su muerte, corrió por la isla el rumor de que el myotragus se había extinguido debido al empeño del archiduque en alimentar con él a todas las muchachas a las que cortejaba.

NOTAS PARA UNA ARQUITECTURA
DEL INFIERNO

> Subiré al cielo; en lo alto, junto a las estrellas
> de Dios, levantaré mi trono, y en el monte del
> testimonio me sentaré, a los lados del norte;
> sobre las alturas de las nubes subiré, y seré
> semejante al Altísimo.
>
> ISAÍAS 14, 13

1

Olía a tierra aunque no hubiese ningún parque cercano. A dos kilómetros se alzaba el cementerio de La Almudena, y pensó que la vibración de los muertos se cernía sobre toda la ciudad.

Madrid estaba lleno de cementerios. San Isidro, el Parroquial de Carabanchel Bajo, el British Cemetery, bello sólo para su peculiar gusto, pues no tenía césped y lo rodeaban traseras de edificios en mal estado, rebosantes de tendederos con ropa interior cuyas tallas y colores recordaban a los geriátricos. Tampoco había que olvidar los camposantos desaparecidos, como el Sacramental de San Martín en Vallehermoso, o el del Norte en Arapiles, sobre el que ahora se erigía El Corte Inglés, y adonde fueron a parar los cadáveres hasta principios del siglo XX.

Su profesión le avergonzaba, lo cual, por otra parte, no era nuevo. En los ochenta abandonó durante algunos años su trabajo de urbanista en el Ayuntamiento para irse a Centroamérica. Acabó en México con un brote psicótico tras cinco meses obnubilado con los chamanes y el peyote. Nunca le dijo a nadie que lo habían ingresado en un psiquiátrico porque estaba convencido de que unos xoloitzcuintles verdes le hablaban con el lenguaje de toda su familia: su abuela, su tío, los hermanos que no habían llegado a nacer, las palabras de Hermano Mayor. Aunque le gustaba el urbanismo, volver al Ayuntamiento, al mismo sitio de antes, con los compañeros que le observaban con suspicacia porque no soportaban que hubiera tenido la valentía de largarse y la jeta de regresar, de hacer uso de sus contactos para recuperar su puesto y su sueldo, le desesperó. En aquella época se abría paso esa facultad que le detenía en mitad de la calle por haber oído un susurro, o por sentir un calor persistente en el hombro izquierdo cuyo foco no estaba en sus huesos ni en su carne, sino que venía de fuera, que tenía la materialidad de una mano, aunque no encontrase sobre su clavícula más que el polo granate y esa persistencia. La primera voz que escuchó, nítida, procedente de todos los lugares de la casa en silencio, le asustó porque supuso que iba a delirar de nuevo, que otra vez los xoloitzcuintles, que todo se debía a una absurda repetición, pero ese análisis frío era ya una certeza de que no se trataba de un delirio, sino de otra cosa. Entonces pensó de forma distinta, es decir, sin resentimiento, en Hermano Mayor, fallecido hacía más de dos décadas, en su trayectoria deshonrosa que su familia ocultaba, en que él, su hermano predilecto, había vivido con idéntica vergüenza lo que le ocurría, y en que nunca había dejado de perseguirle, de leer sus libros favoritos, de mirar sus fotografías, de aficionarse a su música (desde su muerte dormía con sus vinilos bajo la cama). Todo era la consecuencia de una obsesión, o de una herencia. Pasaron largos años de vacío hasta reconocer eso sin enmascararlo, como si su interés fuera de otra clase, una simple cuestión de afinidad, incluso de justicia. Recuerda el día que le vio perder la cabeza. Su memoria es precisa: un ambiente otoñal, una iglesia pintada de beige haciendo esquina, las hojas de los plátanos sobre las aceras. Hermano Mayor trepaba por un poste de la luz mientras repetía un pasaje del Apocalipsis a grito limpio. Parecía un endemoniado y lucía la cabeza rapada. Se la había afeitado con una cuchilla, infiriéndose cortes por todo el cráneo. La sangre aún brillaba, era como una flor fresca, y también como la herida del *Ticio* de José de Ribera.

Pero en realidad el desvarío empezó antes, cuando su hermano se ausentó durante un año entero. Su madre les disfrazó su marcha. De repente llegaban juguetes. Un Scalextric. Indios y vaqueros. Combas. La muñeca Dulcita para la pequeña.

Los Reyes paraban en su casa cada dos o tres semanas, los Reyes eran el hermano, «Vuestro hermanito estuvo aquí anoche –les decía su madre–, pero se ha tenido que ir. Llegó muy tarde, después de que os acostarais. Ahora trabaja mucho. Os trajo esto». Laurita caía en la trampa, se tragaba que aquellos eran los regalos de un hermano invisible, un hermano recortable, un hermano tejo, un hermano hula hoop, un hermano Rin Tin Tin, «Mamá, la próxima vez nos despiertas». En cambio, él había sido depositario de un secreto, «Tengo que realizar una misión muy importante. Me voy». Que se despidiera de él un domingo a las seis de la madrugada con estas palabras no fue un sueño, por más que la pantomima de su madre le hiciera pensar otra cosa. Pero no se atrevía a desautorizarla. Como si estuviera obligado a creerles a los dos y fueran posibles ambas cosas al mismo tiempo: irse y estar a la manera de un fantasma, con una existencia puntual, nocturna, invisible. A los dos años, y tras meses de visitas esporádicas, de aparecer por ejemplo para desayunar, o para montarles una tarde de frío en un Dodge Dart alquilado –antes tenía un Mercedes negro, a veces con chófer– y conducir toda la noche hasta un amanecer helado en Roncesvalles, le dio el brote definitivo. Deliraba con escarabajos gigantes, con un hombre que le perseguía. Recitaba fragmentos de libros. Se instaló en casa ante el espanto de sus padres, y cuando no golpeaba con violencia los muebles y bajaba las persianas por haber visto al individuo que quería atraparle, daba grandes risotadas y disolvía Flan Chino Mandarín en la bañera. Él se creyó que alguien les acechaba, y le divirtió ver a su hermano bañarse en un preparado para flan, cantar las *Filípicas* en latín y hablar con interlocutores invisibles. Cuando se subió al poste imbuido de una fuerza que no guardaba relación con la escualidez de su cuerpo y se lo llevaron luego en la ambulancia, no entendió que nadie dudase, que no se echara un vistazo tras los setos por si había un intruso y que no viniera una médium para verificar la presencia de espíritus en la casa. Escrutó las arizónicas y reclamó silencio en el recodo del pasillo, donde su hermano había parlamentado con las voces. No vio ni oyó nada. La casa estaba muerta y su hermano también parecía haber muerto. Su madre se movía como una sombra. Se paseaba de la cama al sofá, no daba órdenes al servicio, apenas comía y la tía Puri se fue a vivir con ellos. Ella les acompañó al colegio y les obligó a sentarse tres horas todas las tardes en el estudio para hacer las tareas escolares. Incluso su hermana, tan pequeña que ni siquiera tenía deberes, se clavaba en su sillita y completaba cuadernillos Rubio. La tía les repetía a diario que lo sucedido con su hermano era fruto de sus tratos con el diablo. Cuando su madre fue capaz de hacer algo más que estar echada sobre la cama y el sofá, tuvo una bronca con la tía, y ésta recogió sus bártulos y no la vieron nunca más. Una mañana les despertó su abuela Carmen:

—Vuestros padres van a irse de vacaciones —les dijo—. Yo me quedaré hasta que vuelvan.

Ni él ni su hermana les echaron de menos. Su ausencia coincidió con el verano y el fin de las clases, y ellos estaban hartos del drama. Además, eran muy pequeños para hacerse preguntas; ignoraban aún que Hermano Mayor no era hijo de su padre, que su madre lo había parido siendo casi una niña y a escondidas, y que durante mucho tiempo ella misma se había referido a ese hijo como si también fuera su hermano. Como si Hermano Mayor fuera el hermano de todos. Tampoco se fijaron en el alivio de su padre, que al fin se libraba de ese hijo espurio, de ese ser ya adulto al que habían tenido viviendo en casa más allá de lo razonable, que parecía el marido de su mujer y el padre de sus hijos, y que era la consecuencia de un puro mal.

Antes de su encierro en un psiquiátrico, durante todo ese año en que Hermano Mayor estuvo desaparecido, se entregó a una fantasía con la que justificaba felizmente su ausencia. Cuando él nació, su hermano era ya un alto cargo del Ministerio de Defensa, y después le nombraron director de la Estación Apolo que la NASA había puesto en Fresnedillas de la

Oliva. Aunque era muy niño mientras su hermano trabajó en el ministerio, recordaba el ambiente grave con que se recibían algunas visitas, y también la prohibición de hablar sobre sus asuntos («Tú di que hace negocios», aunque él no hacía caso y todos los niños de su clase sabían que tenía un hermano muy mayor y muy importante). Algunas noches no volvía a casa y su madre dormía junto al teléfono, que sonaba cada vez que daban la hora en la radio, como si estuvieran esperando la puntualidad de una guerra, un ataque de los pueblos enemigos. Era la época del coche oficial, del Mercedes negro con chófer entre semana, y daba para fabular mucho sobre el carácter excepcional de las responsabilidades de su hermano. Cuando empezó a trabajar para la NASA, todo lo que no contaba acerca de sus ocupaciones lo compensaba con historias sobre otros planetas, los astronautas y los platillos volantes, como el ovni que se estrelló en un rancho de Nuevo México, del que le mostró fotos en una revista de ufología, o los doscientos estudiantes que vieron descender un objeto volador sobre un campo de hierba en Australia. De ahí a relacionar luego su ausencia con algún suceso de cuya investigación se estuviera haciendo cargo y requiriese una dedicación total no había nada, era una asociación fácil para un niño, deseable, que exoneraba al hermano amado de largas tardes de sigilosa renuncia. Además, su desaparición coincidió con un fenómeno ovni del que la prensa y el telediario dieron buena cuenta, lo que le llevó a mirar las noticias con un entusiasmo fanático. Por primera vez leyó los periódicos. Buscaba más datos sobre esos avistamientos que tenían al país en vilo, a punto de levantarse en fervor religioso, pues había quienes aseveraban que no se trataba de marcianos, sino de ángeles. Era tan hermoso imaginar a su hermano bajo las cuatro luces redondas que, noche tras noche, se posaban como pájaros sobre el campanario de la iglesia de un pueblito. Habían evacuado a los vecinos y acordonado la zona; en el televisor, aún en blanco y negro, se veía al ejército encañonando a periodistas y a curiosos que viajaban desde todos los puntos de la península hasta aquella aldea.

En los rotativos entresacaban cada día declaraciones de algún experto en ovnis. Recuerda a un individuo de Valladolid que afirmaba haberse recorrido el planeta detrás de los avistamientos y que decía que las esferas luminosas eran naves triangulares impulsadas por estelas blancas.

2

Su hermana y él comenzaron a ver a Hermano Mayor todos los sábados, y era como estar con un extraterrestre. Éste les esperaba en el jardín del psiquiátrico. En las primeras visitas, una enfermera les condujo hasta donde dormitaba al sol. Ya no les hablaba sobre nada; sólo les hacía preguntas que ellos contestaban como si dieran un parte, con una exhaustividad obligada y angustiosa porque sabían que, al acabar, venía el silencio. Al cabo de un rato la charla se tornaba casi natural, aun cuando parecía propia de deficientes.

Fue su padre, a pesar de su odio hacia Hermano Mayor, quien convenció a su madre para que les dejara visitarle. Había pasado un lustro desde que le ingresaron. Su padre se sentó con ellos y les explicó, con un libro de enfermedades mentales comprado ex profeso, en qué consistía el padecimiento de su hermano. El libro se colocó en la biblioteca del estudio, como un manual de consulta más. El reencuentro se produjo bajo la supervisión de uno de los facultativos de la clínica, en una sala donde hacía mucho calor. Le desazonó aquel hombre hinchado, obtuso, que les contempló sin sentir nada y les relató que uno de los internos le robaba los cigarrillos y que no le gustaba ducharse con agua caliente. Pasearon por el jardín y sólo hubo una mudez contrita; Hermano Mayor tardó una hora entera en percatarse de lo inapropiado de su conducta. Cuando se despidieron, les dio algunas recomendaciones, confusas y desapegadas, como si en algún lugar de su hipocampo los lazos de sangre lucharan por abrirse paso y no encontraran asideros.

Creyó al principio que aquella parálisis intelectual y emotiva, ser un pedazo de carne alelada, era fruto de la enfermedad, pero luego leyó sobre los efectos de las pastillas y entonces irrumpió la duda, el quién sería su hermano sin toda esa ataraxia química, asunto que dilucidaba consigo mismo. La observación atenta de sus gestos sólo le conducía a la redundancia de ver a un enfermo drogado. Cuando se quedaban a comer en la clínica, Laurita, que se había convertido en una púber repipi, atendía a Hermano Mayor de una manera que se le antojaba humillante. Le limpiaba con la servilleta, le reñía cuando un guisante saltaba del plato a la mesa. Él procuraba comportarse como si Hermano Mayor no tuviera el cerebro anestesiado por el haloperidol, buscando un tema de conversación que le reactivase alguna neurona. Conservaba aún la fe de que todo dependiera de un resorte con el que no sabían dar y que les llevaría a comprenderle, y un día concluyó que lo más destructivo estribaba en toda esa droga en el cuerpo. Asumía mal que el desastre no hubiera supuesto más cambios en sus rutinas. Tras una depresión, su madre empezó a comportarse como si nunca hubiera tenido a ese hijo. Reformó su cuarto y tiró casi todas sus pertenencias. Vivían en un chalet situado en una colonia entre la calle Isaac Peral y el paseo de Juan XXIII. Se trataba de unas casas para gente de clase alta junto a los colegios mayores, las facultades y unos parques frondosos, oscuros, franquistas; cuando se internaba en el bosquecillo que separaba Isaac Peral de la facultad de Medicina, sentía que la sierra rica de Madrid comenzaba allí, que podía tocar las cumbres, los bosques aún recios. Aquel era el aire que recetaban a los tuberculosos. Tenían una piscina que en invierno no se cubría y llegaba a junio espumeante de verdín y renacuajos. Tenían un jardín con pérgola, rosaleda, tres castaños y arizónicas que crecían más alto que el muro de dos metros que separaba el chalet de la calle. Con todo, había tardado mucho en considerarse un privilegiado. Primero porque era un niño que sólo se relacionaba con otros niños como él, y luego porque vivió la ausencia de su hermano, su locura y el desapego materno como una suerte de indigencia.

3

Cuando llegó 1972, año en que su padre le compró un mini por un expediente brillante y una elección universitaria que celebró, arquitectura, a él se le habían acentuado las diferencias. Alegaba su negrura, lo reticente que había sido siempre con la ligereza, las formas complejas con las que abordaba lo sencillo, su gusto por la soledad y el extrañamiento, por todo lo que no comprendía, las sensaciones raras de angustia e irrealidad que surgían con la caída de la tarde, la amenaza.

El coche le otorgó decisión, madurez e impertinencia. También el pasar la mayor parte del tiempo fuera de casa, en la universidad. Arquitectura no había sido sólo una vocación, sino, y sobre todo, una manera de poner distancia, a lo que contribuía la propia Escuela, un edificio dañado en la guerra civil que apenas había sufrido modificaciones desde su reforma, favoreciendo la impresión de sumergirse en otra época. Era un búnker de suspensión temporal al que se accedía por largos pasillos. Unos globos de vidrio blanco, parecidos a pelotas de plástico, iluminaban escasamente los bustos de bronce de prebostes cuyas identidades, especificadas en plaquitas minúsculas, le daba pereza leer. Cuando él entró, acababan de iniciar las obras para reparar el tejado del ala norte, donde encontraron un obús sin estallar cubierto por el último forjado, y eso le tuvo durante semanas leyendo sobre las batallas libradas en Ciudad Universitaria.

La iniciación en una disciplina que le entusiasmaba no le distrajo de la brecha. El día del proyectil marchito deseó que todo volara por los aires, y demasiado a menudo los profesores, los corrillos de alumnos y las mujeres, ni muy bonitas ni muy feas, que pintaban al carboncillo, le crispaban. Le gustaba refugiarse en el patio de la rosaleda, orientado hacia poniente, y mirar desde ahí el horizonte roto por la *corona de espinas*, el hermoso y alienígena edificio de Fernando Higueras, una de las pocas muestras de arquitectura reciente en Madrid que no le daban ganas de irse a otro país. Quizás lo que le mantenía abierta la herida, con toda esa necesidad de fuga entre las manos, era la transformación de Hermano Mayor, de quien ahora él se había hecho tutor legal porque su madre no quería saber nada. El nuevo estado de su hermano se inoculó en la recién inaugurada vida de universitario con la fuerza de las cosas largamente temidas y deseadas.

Ya desde antes de que él ingresara en la Escuela, Hermano Mayor había empezado a estar más despierto debido a los cambios en la medicación. Ahora tenían una relación cercana. Comentaban las noticias, los asuntos de una familia que apenas iba a visitarle, la amistad con otros internos e incluso la posibilidad de abandonar el psiquiátrico. Esa complicidad, que le sabía a gloria después de tanto echarla en falta, se mezclaba con los delirios, y fueron de hecho esos delirios los que dirigieron la mayor parte de las excursiones que hicieron juntos. Ya no se conformó con ver a su hermano sólo los sábados, y ahora se dejaba caer por allí muchas tardes tras salir de la universidad. Hermano Mayor estaba convencido de que oía la voz de los muertos, y visitaron todos los cementerios de Madrid porque ahí, decía, la conexión era más pura. Pasearon por La Almudena, el civil, el hebreo, el de la Florida, el de los ingleses, el del Norte, el Sacramental de San Lorenzo y San José, el de Santa María, San Pedro y San Sebastián. En ellos Hermano Mayor pareció recobrar la cordura —la lengua no se le espesó en la boca, de los ojos desapareció la estupefacción distanciada e imbécil— para decirle que, si trabajó en el Ministerio de Defensa, fue por sus poderes de médium, que le permitían saber dónde se gestaban las conjuras. Las salidas de la clínica comenzaron a tornarse más caprichosas y excéntricas. Se plantaron en un chalet en Guadarrama, cerca del embalse de La Jarosa, porque su hermano se empeñó. Al llegar al jardín de ese chalet, se encontraron con una niña que lloraba y que les dijo que su madre se moría. Hermano Mayor se quedó un buen rato en silencio, como si meditara, y luego acarició el pelo de la niña. En otra ocasión, le obligó a sacarle del psiquiátrico en plena noche para conducirle a un polígono en Vicálvaro. Su hermano forzó la puerta de una nave industrial. Él le esperó en el coche y pensó que la policía le pillaría robando algún cachivache absurdo, pero no ocurrió nada. Hermano Mayor no quiso darle explicaciones y de nuevo estuvo anormalmente lúcido, como si no hubiera en él rastro alguno de enfermedad mental. Desistía de preguntarle por el temor a que se espantase, a que pensara que él era uno de esos censores que le habían colgado el cartel de perturbado. Su hermano vivía su enfermedad como una larga y vengativa incomprensión del mundo hacia él. «Tienen miedo de lo que sé», decía, y a veces hablaba con pena de su desquiciamiento y se dolía por haberlo perdido todo. Esos momentos de intensa nostalgia, de cierta normalidad, no abundaban. Lo que su hermano solía evidenciar era una maraña de estratos y un olvido de lo que había sido su vida antes de la locura. Él trataba de empaparse en esa mezcolanza, de entenderla, de no descartarla, de superponerla a la suya, incluso de jugar. Un día hizo un chiste con el pájaro de fuego que su hermano sostenía ver todas las mañanas sobre su cama. Su hermano se carcajeó exageradamente, pero luego le miró, confuso, hosco, y echó a correr.

Fue en una de esas licencias suyas con el trastorno de Hermano Mayor cuando estalló lo que en el fondo siempre había sospechado, aunque nunca de ese modo, como si hubiera ido armado con un cuchillo de juguete y de súbito se viera con un corte sangriento y doloroso en el vientre.

Estudiar arquitectura le obligaba a dibujar en la calle, y puesto que Hermano Mayor afirmaba que el diablo presidía la ciudad, se le ocurrió mirar los edificios desde una perspectiva demoniaca. Tomó notas estrafalarias, como que la iglesia Nuestra Señora del Cristo Santo tenía en la fachada principal una vidriera con pentagramas invertidos dentro de círculos, haciendo estrellas de cinco puntas, o que en el pasaje de la Rueca, en San Blas, había numerosas pintadas del Baphomet. Una noche, apuntando una de esas ocurrencias mientras tomaba una caña en una tasca de la cornisa, le pareció ver a su hermano entrando en el seminario conciliar. Marcó el teléfono del psiquiátrico en una cabina. El médico de guardia le informó de que su hermano no estaba y le recordó que había sido él, su tutor legal, quien había autorizado que el interno dispusiera de autonomía, a pesar de las advertencias. Volvió al seminario y saltó la tapia. Estaba seguro de que Hermano Mayor se encontraba en alguna de las habitaciones que daban al jardín. Esperó largo rato. A aquellas horas, con las nubes cayendo sobre el parque de Atenas y el edificio envuelto en una bruma suave, las afiladas copas de los cipreses adquirían una cualidad espectral. Aguardó sentado en la hierba, sin avistar otra cosa que ventanas arrojando sus haces luminosos, hasta que el edificio quedó en penumbra y le entró más desasosiego aún, pues la ciudad entera se sumió en una oscuridad profunda y siniestra. Sólo se escuchaba la soledad inmensa de Madrid en la noche, su aspereza helada, los parques vacíos, tabernas donde no sonaba ninguna canción. Temió que su hermano estuviera vigilándolo, y en algún momento se durmió y tuvo un sueño áspero, iracundo, del que despertó como si le hubieran pasado por encima varios trenes. Al día siguiente visitó a su hermano. Se mostraba como siempre y no quiso inquirirle, aunque tuvo la sensación de que su parloteo estaba lleno de dobles sentidos.

Todas las noches de esa semana se plantó ante el seminario, y cuando estaba a punto de concluir que se había confundido, se topó con la gabardina demasiado grande, la discreta chepa, los andares algo torpes de Hermano Mayor franqueando la puerta del edificio. Le dio la vuelta a lo que había pensado hasta entonces, y se dijo que el universo trazado por los delirios no acontecía en un plano sólo imaginario. Existía *algo*, y la enfermedad podía ser la excusa, la tapadera de otra vida que su hermano llevaba a hurtadillas de todos, quizás incluso de sí mismo. Saltó la tapia del jardín y caminó entre los álamos blancos, los cipreses y los olmos americanos. Aunque la otra vez no había oído ladridos de perro, fantaseó con un mastín saliendo entre los bojes. Tumbado en el césped, escrutó las ventanas; en el caso de que algún seminarista le descubriera, lo confundiría con un mendigo o un ladrón de parques, si es que tal cosa existía. Cuando regresó a su casa eran las dos de la madrugada, y le invadía una impresión de irrealidad tan honda que no pudo dormir. Tiritaba; los pies seguían fríos aunque los pegara al radiador. A la jornada siguiente se citó con Emilia, una de las modelos de la facultad que había pintado al carboncillo, y que tenía el pelo rubio y el pubis pelirrojo. No fue a clase ni se apostó en la entrada del seminario. Invitó a Emilia a un hotel y perdió con ella la virginidad sin casi enterarse, pues la excitación le duró los tres segundos que tardó en penetrarla, y luego se abandonó a una hosquedad grotesca. No contestó a nada de lo que ella le contaba, metió la mano derecha en un calcetín para simular una marioneta muda y fue al baño repetidas veces a dar de vientre sin cerrar la puerta, como si deseara que Emilia se marchase del cuarto y no se atreviera a decírselo más que de esa manera patética y desconsiderada. En verdad, no sabía lo que quería, y Emilia acabó dejándole a solas en esa habitación. Estuvo muy cerca de sufrir un ataque, y si se repuso, barruntará mucho después, fue porque pasó casi dos semanas metido en la cama por un virus que cursaba con fiebre alta, lo que produjo una reparación momentánea de esa tecla de su cabeza que ya andaba suelta.

Cuando se recuperó, redujo el tiempo que compartía con Hermano Mayor, procurando ir únicamente con su hermana en la visita de rigor de los sábados. Sin embargo, la curiosidad le venció. Una mañana hizo pellas y se apostó frente al psiquiátrico. Le vio salir a mediodía, con su rictus medicado y una determinación infrecuente. Tomó el autobús y se bajó en el distrito de Hortaleza, donde caminó hasta una iglesia provisional con techo de uralita. Desde fuera oyó un grito de alivio, ni de hombre ni de mujer, aunque tampoco de niño. Se escuchaba a tres personas en el interior de aquella construcción precaria, y una era su hermano. Retornó al coche y notó sus muslos sin fuerza, como si hubiera estado dándole patadas a un asesino. Se le ocurrió que Hermano Mayor podía ser un entrenador de algún tipo de disciplina espiritual. Otro grito, parecido a los anteriores, turbó el silencio en una casita modesta en el barrio de Tetuán a la semana siguiente, y otro más en un piso en cuyo portal logró colarse. Vio a una vieja, con cara de horror, que le abría la puerta y se persignaba al verle, como si fuera un santo. También lloraba. Aguardó en los escalones de terrazo, oliendo a humedad. Distinguió dos voces, una de ellas como si se originara en una caverna, y la de su hermano. Se trataba de una pelea rabiosa, esas voces luchaban a vida o muerte, y entonces no supo qué pensar porque en lugar de imágenes, de palabras, se le instaló un escalofrío en el cuerpo. La Escuela tampoco ayudó a que él abandonara su espionaje, su obsesión; en el final del cuatrimestre les obligaron a pasar la mayor parte del tiempo en las calles, dibujando y alzando planos para diversas asignaturas. Eso favoreció sus pesquisas. Trató de que el acecho le sirviera para hacer también los trabajos de la universidad. Se vio con una enorme carpeta que era como una carcajada, las manos con sabañones y la curiosidad de muchos transeúntes, que se paraban a preguntar si era pintor profesional. Tenía que dibujar extraordinariamente rápido para que sus láminas consiguieran el visto bueno de la Escuela, y cuando consultó con un profesor, éste le dijo que sus bocetos no valían y que escogiera un solo edificio y sus alrededores.

La iglesia del Sacramento llegó demasiado tarde para aprobar cualquier asignatura pues, a pesar de que le permitía ser minucioso, no había buscado un equipo con el que hacer el levantamiento de planos, su trabajo de urbanismo se reduciría a una calle y sólo completaría la parte correspondiente al barroco para Análisis Arquitectónico. Pero fue lo único que pudo abordar sin que la persecución cesara, pues su hermano empezó a ir a diario a ese templo.

Las dos primeras jornadas dio una vuelta por el interior de la basílica y se acercó a la sacristía, de donde no salía ningún sonido. Deambuló como un espíritu, observando a los feligreses, el barroco escueto y castellano, el fresco de la entrada, donde unos ángeles con una filacteria parecida a una cadena de ADN custodiaban una figura marrón similar a una mancha o a una tormenta de arena. Había un Crucificado y una Virgen en mitad de sendos tapices con el emblema del Cristo de los Alabarderos: dos alabardas y una corona real. Eran horrendos.

Supuso que Hermano Mayor había sido conducido al pabellón anejo, pero no vio luces en los balcones, ni oyó nada. Había demasiado tráfico. En esos días aprovechó para dibujar tranquilamente, pues su hermano tardaba en irse. Hizo varios bocetos de la iglesia, continuó con los edificios colindantes, tomó los datos para hacer un estudio de urbanismo, y en definitiva, y a pesar de que llevaba las de perder, simuló que iba a aprobar las asignaturas. Investigó también en la biblioteca sobre aquella iglesia construida para las monjas bernardas, de cuyo antiguo monasterio no quedaba nada. Se enteró de que el arquitecto que la diseñó cayó en desgracia y que la obra no se comenzó hasta medio siglo después de su concepción. Ni siquiera se conservaban los planos, y destacaba un dato curioso: por más que se habían usado herramientas topográficas para establecer las dimensiones del templo, las restituciones obtenidas nunca habían sido coincidentes entre sí, como si la iglesia se moviera y no fuese posible atrapar sus contornos. Le pareció que el dato encajaba con la trayectoria de su hermano, al igual que una leyenda vinculada al lugar, según la cual en él habitaba el fantasma de un viejo decapitado por unos ladrones en 1753. El viejo se apareció sin cabeza poco después de su muerte para revelar quiénes eran sus verdugos.

Barajó la improbable hipótesis de que Hermano Mayor se hubiese hecho sacerdote, un cura loco y exorcista, pero nunca era él quien vestía el alba y enaltecía el cáliz. Tampoco le vio meterse en los confesionarios. La única novedad es que salía de allí cada vez más tarde, al filo de la madrugada, por lo que conjeturó que se quedaba a cenar y que el edificio pegado a la iglesia, de granito, amplio y presumiblemente lujoso, disponía de servicio.

Un jueves vio desde su coche la sombra de su hermano a través de unos visillos en una de las dependencias del pabellón anejo. Una hoja de palma seca pendía del balcón. Hermano Mayor se movía de un lado a otro, y había algo antinatural en sus pasos, como si acorralara a alguien, incluso como si jugase con una pelota. Luego las luces se apagaron. El escalofrío resurgió, intenso; sus huesos y sus músculos sabían, adivinaban, aquello que su cabeza tornaba razonable, opaco. El episodio se repitió tres jornadas consecutivas, siempre a la misma hora, y a la cuarta la linterna de la cúpula se iluminó y él vio claramente la silueta de su hermano en aquellas alturas. No recordaba que la cúpula tuviera acceso desde dentro ni que contara con una pasarela. Al día siguiente, después de la misa, le preguntó al párroco si era posible subir hasta el tambor y la linterna. «Sólo cuando se limpia, y se necesitan arneses», le contestó el cura. «Pues yo he visto a un hombre allí», insistió, y el párroco le pidió que se marchara. Esa misma noche, con el cielo exhibiendo una negrura sobrenatural en la que no había ni una sola estrella, vio de nuevo a alguien en la linterna. Era su hermano, y le miraba petrificado, sin alterar un solo músculo de la cara, y evidenciando que llevaba horas vigilándole; súbitamente su sombra se trasladó de la cúpula al edificio anejo, y comenzó a recorrer todas las estancias. Le distinguía a través de unas cortinas ligeras, impropias, impúdicas. No había tránsito entre unas habitaciones y otras, como si hubieran derribado los muros. Hermano Mayor llegó al aposento de cuyo balcón pendía una hoja seca de palma, y por toda la calle descendió una niebla misteriosa.

LA HABITACIÓN DE ARRIBA

La buena nueva que a todos causa un miedo inexplicable.

CHARLES BAUDELAIRE

La primera noche oyó un estruendo tan grande que pensó en alguien matando a un cliente en el cuarto contiguo, o que se le había metido dentro del cuerpo una taladradora. También podía ser un monstruo que lanzara sillas hacia el techo y abriese huecos en el suelo. No tenía ninguna habitación al lado, o eso le había dicho la gobernanta. Sin embargo, el sonido venía de la pared. Junto al estrépito del monstruo-máquina, escuchó a dos hombres que parecían estar jugando. Hablaban en inglés. Pensó entonces que en esa alcoba, cuya existencia negaba la gobernanta, se llevaba a cabo una práctica sexual muy ruidosa y violenta con el mobiliario. Por ejemplo, uno de los hombres rubios —supuso que, si hablaban inglés, serían rubios—, mientras se quitaba la ropa, golpeaba cada prenda contra el lavabo con un bate de béisbol, mientras que el otro hacía lo propio con unos guantes de boxeo. Descolgaba un cuadro, colocaba en su lugar una camisa y le atizaba con los guantes. Era una escena extravagante, pero se le antojó probable. Esperó a que el ruido cesara para salir descalza y en camiseta al pasillo. No vio ningún dormitorio. En su piso sólo estaban las calderas y el motor de los ascensores.

Vivía en el hotel en el que trabajaba. Le pagaban poco porque su cuarto formaba parte de su sueldo, al igual que el desayuno, la comida y la cena. Había dos camareros en sus mismas condiciones que dormían en el sótano, junto a la sala de las lavadoras. Ella prefería su habitación del último piso, aunque fuera más pequeña, porque desde la ventana se divisaba toda la ciudad.

Pasaba el día en la cocina. La jornada comenzaba revolviendo la huevina del desayuno para meterla en un *chafing dish*. La masa cuajada y amarillenta permanecía igual de caliente de siete a diez y media de la mañana, salvo si alguien dejaba abierto el recipiente y los camareros no se percataban. Entonces la huevina pasaba de caliente a tibia. Ocurría lo mismo con la panceta, las salchichas y las patatas asadas. Condimentaba las patatas con tomillo. Aquellas viandas propias de un imperfecto desayuno británico apenas se consumían. No abundaban los extranjeros. La mayor parte de los clientes venían de otras provincias a hacer negocios a las ferias organizadas en el edificio de enfrente, célebre por la piel de acero corten con la que un arquitecto famoso había cubierto la fachada. El arquitecto fue objeto de críticas furibundas y alabanzas no menos apasionadas en los periódicos y en la televisión local. Quienes iban del comedor del hotel al edificio de aspecto oxidado preferían la tostada con aceite, tomate y jamón al desayuno inglés, a pesar de que el jamón era de una calidad pésima.

¿Qué plato había sabroso? A veces se sentía culpable del gesto triste con el que los comensales masticaban el emperador en salsa o el filete empanado. Eran dos cocineras, una cincuentona de Burgos y ella, y no se les daban mal los fogones; resultaba no obstante imposible hacer una buena ensalada con lechuga iceberg y tomates que parecían el fruto de una catástrofe nuclear. La zanahoria y la remolacha de bote sabían al acidulante del caldillo. Las salchichas lucían veteadas por grandes trozos de tocino duro. Las verduras de la ensaladilla quedaban siempre pastosas, aun cuando no las cocían demasiado, y la mayonesa agriaba el paladar. La longaniza rezumaba grasa letal, y las obligaban a hacer la tortilla con las patatas asadas del desayuno. Tenían que quitarles el tomillo y mezclarlas con huevina y leche, y ni siquiera la alegraban con un chorrito de aceite de oliva en la sartén. El pescado, que venía en grandes bolsas, estaba seco, y no se distinguía la merluza del bacalao. Lo único que le gustaba preparar a ella eran sándwiches vegetales, en los que el huevo se elegía entre cocido y frito. Cuando escogía esto último, la yema salía graciosamente por un agujerito en la rebanada del pan. Se acostumbró a comer y a cenar casi a diario sándwiches con huevo frito en el almuerzo y cocido en la cena. Excepto las lentejas, que se servían una vez por semana en el menú, no soportaba ningún otro guiso. Pasaba las mañanas a base de zumo de naranja de tetrabrik, y cuando los miércoles se sentaba ante las ricas lentejas, suspiraba de placer. Por otra parte, la cocinera de Burgos y ella no tenían más remedio que adaptarse al recetario, donde se detallaban los platos de la carta y los que permanecían, como insectos muertos, en los expositores del bar. La de Burgos, que vivía en la ciudad con un marido electricista y dos hijos, decía que era mejor así, porque tratar de cocinar algo digno con aquellos ingredientes de cuarta las frustraría.

La primera semana soñó con trozos de comida parlantes. Hasta su cuarto, que parecía flotar en el aire, ascendían alcachofas congeladas, guisantes del tamaño de un armario y pálidas pechugas. Los alimentos se le presentaban uno a uno, y a través de ellos le hablaba una multitud de voces. Todo era ambiguo menos esas voces, que la aplastaban. Las recordaba luego largo rato, y por la mañana, mientras picaba el ajo para los hígados que servían de tapa, la angustiaba la perspectiva de volver a aquel zulo a pasar la noche. No sabía por qué nombraba de ese modo a su habitación, zulo, pues no estaba oculta. Sus ventanas daban a una avenida grande, y recibía tanta luz que fabulaba con vivir en un globo aerostático. Lo cierto es que nadie subía hasta allí. ¿La socorrerían si sufriese una embolia?

Zulo también hacía pensar en un secuestro. ¿Se había secuestrado a sí misma? ¿La secuestraban los alimentos, esos granos de maíz gigantes e hinchados de agua y ácido sórbico? Le daba la impresión de que sí. De ahí las pesadillas con palitos de cangrejo, habas y chorizos bañados en vino blanco. Los chorizos dejaban el suelo del cuarto resbaladizo. Sus zapatillas patinaban; a veces se estampaba contra la tarima y tenía que tirar la ropa, porque las lavadoras del hotel no borraban la grasa rojiza. En sus sueños se quedaba sin prendas, y muchos días creyó haber perdido las mismas con las que soñaba, hasta que las encontraba en un cajón.

La intensidad onírica contrastaba con lo anodino de sus jornadas. Ella era una pieza invisible del funcionamiento del hotel. No lucía, además, ni guapa ni fea, así que las camareras no la envidiaban y los recepcionistas no le tiraban los tejos. Poseía unos rasgos tan normales, tan de cualquiera, que los clientes, en las raras ocasiones en las que salía de la cocina, no se enteraban de que un ser vivo atravesaba en esos momentos el comedor.

Una noche soñó con un cocodrilo caminando sobre unas aguas que corrían por unas paredes. El cocodrilo venía de alguna lejana región de África. Aunque con internet y los vuelos *low cost* ya nada era en verdad lejano, en su sueño el mundo se presentaba ilimitado y misterioso. Esta sensación debía de proceder de su infancia. Luego lo descartó: su niñez estaba en las antípodas de aquella atmósfera húmeda, olorosa a algo que no identificaba, ni agradable ni desagradable, nueva. Como cuando estuvo en La Habana, aunque el olor de La Habana la asqueó. Había además dudado de si esa lejana región de África no sería una lejana región de Brasil, pero esa duda le sobrevino porque unos brasileños flacos y feos se alojaban en el hotel. Todos llevaban polos Lacoste blancos con sus pequeños cocodrilos bordados en el pecho.

Una madrugada fría de cierzo tuvo pesadillas con el viento y con gritos metálicos. El cierzo estrujaba sus músculos y sus huesos, haciendo rechinar como la tiza en la pizarra sus articulaciones, formando remolinos en su sangre, elevándola, desvaneciéndola en minúsculas gotas de lluvia roja. Su cuerpo desarticulado y los sonidos de la ciudad se mezclaban con el gerente, que se paseaba desnudo por la recepción sin alcanzar nunca el mostrador, hacia donde tendían sus pasos. Todos le miraban y al mismo tiempo parecía que no pasaba nada, aunque le convenía vestirse antes de que viniera la delegación de Abisinia.

Cuando despertó, tuvo la certeza de haber soñado el sueño de otro. Quizás el sueño del gerente. Averiguó que la noche anterior éste se había quedado a dormir en el hotel. ¿Qué tenía en común con él? El gerente salía de trabajar a las ocho y media de la tarde. Vivía en una urbanización y conversaban a menudo, porque a las ferias acudían equipos de empresas que colapsaban el desayuno si no hacían más comida. Él las avisaba a la de Burgos y a ella. Siempre les contaba un chiste. «¿Os sabéis el último?», decía. Ella se reía por compromiso, y también porque el gerente era buena persona.

Otro día soñó con una mujer que llamaba a la radio para desahogarse. Su hijo acababa de morir de cáncer. En el programa, además del locutor, había un coro burlándose de la tragedia. La mujer buscaba la absolución del coro, y había una relación siniestra entre dejarse humillar y ser perdonada. La inquietó la nitidez con la que todo acaecía, distinta a la lógica onírica. Cuando se despertó, escribió la escena como si fuera una obra de teatro.

En otro tiempo, le había gustado escribir, sobre todo poemas. A los dieciséis años compartía sus versos con una amiga que le hablaba de la fuerza de sus imágenes. Un día, una conocida de ambas le dijo que su amiga opinaba a sus espaldas que sus versos eran malos, y que no se lo confesaba por pena. Abandonó entonces la escritura. No lo vivió como una renuncia ni se enfadó con su amiga. Antes de los poemas, se había dedicado a dibujar en tablas de madera botes de colonia de color azul y a poner en las etiquetas de los botes «En Hawái». Asimismo, se compró un teclado y retomó lo que había aprendido de piano durante su niñez.

Acabó renunciando también al teclado, así como a hacer algo que la distinguiera. La distinción la asqueaba, sobre todo tras cursar un año de Bellas Artes y compartir piso en Málaga con un actor. Durante esa época, sintió que la gente la despreciaba por su origen —era la única que trabajaba para mantenerse— y por no ser ambiciosa. Dejó Bellas Artes, volvió a la casa de su madre en Huesca y se metió en Hostelería. No tener dinero comenzó a parecerle una virtud. Su madre se disgustó, pues siempre había querido que ella y su hermana lograran ser alguien. Por eso las matriculó de niñas en el conservatorio. Su hermana se desentendió del piano antes que ella, y ahora ejercía de peluquera en un Marco Aldany.

La escena que había escrito sobre la mujer que llamaba a la radio no le gustaba. La consideraba soez. Pero no se atrevía a destruirla. Advertía algo demasiado vivo, no en la escena misma, sino en la manera en la que el sueño había acontecido, y a la que accedía a través de su texto. A la hora de comer, escuchó a una clienta decirle a la de Burgos que su primogénito había fallecido de un tumor en el estómago, y que ella estaba haciendo todo lo posible por morir de lo mismo. La de Burgos se había visto obligada a salir de la cocina porque, por tres veces, la clienta pidió que le pasaran más el filete, y antes de chamuscarlo, quiso cerciorarse de que una persona exigía carne carbonizada. La carne carbonizada, le explicó la clienta, tenía efectos cancerígenos. Ella se dedicaba a beber, fumar y comer carne carbonizada para que su cuerpo generase células malignas. La de Burgos farfulló un «Pero señora...». La clienta contestó:

—¡Nada de pero señora! No molesto a nadie. Sólo pido que me quemen la carne. Para eso la pago.

La mujer estaba loca, quería llamar la atención o las dos cosas juntas. Supo que, al igual que había soñado el sueño del gerente, había soñado el sueño de esa mujer. Supo asimismo que incluso las pesadillas protagonizadas por zanahorias baby gigantes y otros alimentos no obedecían a ninguna experiencia propia, sino a la de algún comercial alojado allí durante una feria y cuyos bonos de comida sólo servían para la triste cafetería del hotel. Imaginó a un hombre calvo de ojos redondos a punto de jubilarse. Imaginó que ese hombre vivía con una gran amargura y que sus cejas eran espesas y puntiagudas, lo que disimulaba la expresión afligida de su cara. Imaginó que los champiñones rancios que le quitaban el apetito y le ponían de mal humor le recordaban, por producirle el mismo efecto, a la relación reseca que mantenía con su mujer.

Sus sueños aumentaron. En una sola noche tenía varios de clientes distintos, y por la mañana trataba de esclarecer a quiénes correspondían las sombras que se habían apostado junto a su cama, o esa andaluza de mediana edad que juraba volver pronto y desaparecía, lo que motivaba una búsqueda libidinosa por parte de quien la soñaba, presumiblemente un hombre. No siempre estaba segura de los sexos, como si los inconscientes los despreciasen. E ignoraba, por ejemplo, si los niños que figuraban eran hijos, nietos, sobrinos o incluso hermanos de los durmientes. En ocasiones todo transcurría con indiferencia, como si se reprodujeran sólo las inercias del día. El trasiego de la feria del juguete sobre un fondo de muñecos danzantes, los trayectos en coche con parada en un área de servicio de los Monegros, prisas para hacer una maleta que cambiaba de forma.

Averiguar a qué clientes pertenecían esos sueños la extenuaba. Sabía mucho, y al mismo tiempo nada, de los soñadores. Si daba con el hombre que, noche tras noche, sufría cómo una señora, quizás su madre, le humillaba, lo único que descubría sobre él era un conflicto vulgar. Lo que escondía toda esa gente, y lo que ella misma ocultaba a los demás, eran problemas normales, y sólo el silenciar un padecimiento común, o sufrir en exceso por él, lo convertía en anómalo.

Un día se vio en uno de los sueños. Y no le gustó. Tuvo una sensación de perro rabioso. Podían despedazarla. También se resquebrajaba su propia imagen. Sus caderas se encogían o se tornaba paticorta; arruguitas negras como patas de mosca le surcaban el rostro, llevaba un escote por el que asomaban unos pechos mostrencos que le doblaban la espalda. Sabía que quien la soñaba era un varón por algo a lo que llamaba sibilancias, no porque éstas encarnaran la respiración del individuo, sino porque esa palabra se adhería a su impresión de estar siendo recreada por un hombre. Una noche ese hombre figuró como un panadero turolense que la invitaba a un pueblo de la costa. Vestía un mandil blanco y un gorro de papel, y tenía un horno frente al mar que funcionaba como una fábrica de ladrillos. La conducía hasta una casa en la que no había luz ni agua corriente, y le sugería que se fuera a un hostal. Él la acompañaría. Ella sentía la expectativa del hombre defraudada de antemano. Sobre sus propios sentimientos no cabía decir nada. En el sueño sólo estaba su cuerpo frío, con unos cuantos años de más y el pelo encrespado. Cuando despertó, sintió una aprensión ligera. Fuese quien fuese el que la soñaba, no la atraía nada.

Los sueños de aquel hombre con ella se volvieron frecuentes. No siempre aparecía como panadero; también era un anciano que la escondía en su residencia y un cirujano con traje, corbata y maletín. Investigó a los clientes que iban a menudo al hotel por negocios turísticos. Aunque perduraba la crisis, la ciudad había tenido un golpe de suerte. Estaban a punto de abrir la sede de un famoso museo de arte moderno, y se preveía que en los próximos años se triplicasen las visitas.

Para observar a los clientes se asomaba por el ventanuco de la cocina. A veces acudía al bufet del desayuno con fuentes de melón duro y quesitos. Venían muchos feriantes, todo se alborotaba, las personas solitarias que ocupaban mesas junto a la puerta o en las esquinas del ventanal eran máscaras concentradas en untar la mantequilla en el cruasán, responder wasaps u hojear el periódico local.

Trabajaba desde las siete de la mañana hasta las once de la noche con una pausa de tres horas después de la comida, y durante ese tiempo su pelo se comprimía en la tela blanca de la cofia. Se le pegaba al cráneo, sin volumen ni lustre. En el descanso, subía a la habitación a dormir, o salía a la calle, sobre todo cuando pegaba el cierzo. Con la ventolera sólo se veían coches. Las tiendas permanecían cerradas hasta las cinco y media de la tarde, y la gente se refugiaba en sus casas por temor a los toldos que volaban, a la locura. A ella la tranquilizaba el vacío de las plazas, que se oyera el viento, al que se figuraba como un animal de la noche danzando. Ese cierzo al que se enfrentaba con el cabello suelto era lo único que le devolvía a su melena la vida robada por la cofia. Le confería un brillo desordenado y anárquico, con nudos que deshacía tras una ducha muy caliente para sacudirse la gelidez.

Ahorraba casi todo su sueldo. No tenía en qué gastarlo. Llegaba agotada a sus días de asueto, pues la obligaban a librar ocho jornadas seguidas en vez de dos a la semana, lo que tenía sus ventajas. Su cansancio poseía algo místico, al igual que alargar, a veces, el no alimentarse más que de zumo de naranja hasta la noche, cuando se premiaba con el sándwich coronado por un huevo frito, o pasear con el cierzo tras la imagen de una urbe irreal. Estaba en verdad lejos de saber qué experimentaba. Quizás fuese una satisfacción perversa. Durante su libramiento, se iba a Huesca con su madre y su hermana, que la acunaban con sus conversaciones, sus estofados de patata y costilla, sus sobremesas frente al televisor, y no soñaba nada. Le daba entonces por pensar que la habitación del hotel albergaba algún poder mágico por el cual las tramas oníricas subían hasta allí para invadir su cabeza, y que en cuanto cambiara de trabajo todo volvería a ser como antes.

Estaba a punto de llegar el verano. El cierzo se presentaba menos, pero el sol caía con una bravura que dejaba a la ciudad tan desvalida y seca como lo hacía el viento. Entonces comenzó a soñar los sueños de la de Burgos y su desazón fue más allá del cansancio y del asco, a pesar de que en el sueño más habitual de su compañera ni siquiera salía ella. La de Burgos llevaba las manos y los antebrazos enharinados. Tenía que servir copas de cava a unos clientes sin ensuciarlas de harina. De su piel caían pegotes blancos mientras portaba la bandeja hasta el comedor; una vez allí, se daba cuenta de que su índice y su pulgar no estaban manchados, y que eso la salvaba de poner las copas con las huellas de sus dedos. No obstante, hacía sin querer un movimiento y también esos dedos se emporcaban. Entonces se confiaba al milagro. Cogía las copas con las manos blancas esperando que la harina no se pegase al cristal. Por supuesto, todo se guarreaba, pero incluso así la de Burgos no se daba por vencida. Pensaba que aún cabía la posibilidad de que los comensales no advirtieran las manchas blancas. Esas gentes, ataviadas con elegancia, no miraban sus antebrazos rebozados, como si una cocinera anduviese haciendo masa para pizzas siempre. Esta falta de atención aumentaba la esperanza de la de Burgos en que los restos de harina no fuesen vistos, o en que se percibieran como un atributo de la copa o una señal que amablemente había hecho el maître para que supieran dónde poner sus huellas dactilares en el momento del brindis. Así evitarían incómodos fallos de etiqueta.

Sentía que la de Burgos la culpaba en sus sueños, incluso cuando no aparecía en ellos. Se convertía en el blanco de una ira salvaje. No creía que lo onírico tuviera que significar nada, ni tampoco lo contrario. Quizás la de Burgos sólo la detestaba mientras dormía, pero ¿y si no era así? La duda la aturdía, pues confiaba en su compañera. No le contaba gran cosa, y le habría avergonzado confesarle lo de sus paseos cuando soplaba el cierzo. La de Burgos tampoco tenía demasiado que decir a pesar de que charlaba por los codos. Se trataba de un parloteo que parecía el batir de alas de un pájaro pequeño: surcaba el aire y apenas se veía. La escuchaba como a un silbido suave, y este sonido la resguardaba. No sabía exactamente de qué. Quizás del recepcionista de las mañanas, que desayunaba con ellas mientras bromeaba sobre el trasero, la voz y la manera de teñirse el pelo de la gobernanta, tan negro que bajo los led del hall desprendía un lacerante brillo azul. Pensaban que ese tipejo también hablaría así de ellas cuando no estuvieran presentes.

Había otra cosa que la inquietaba: ya no podía asegurar que los sueños subieran desde los cuartos de abajo hasta el suyo para que ella también los soñara. Era probable que viniesen de todas partes. Si lo que le pasaba no guardaba relación con el hotel y con su habitación lanzada al vacío, tal vez nunca dejaría de soñar los sueños de los demás. La idea desencadenó otras que la hicieron andar sin rumbo. El tráfico de las avenidas era como su cabeza mientras dormía, azotada por seres que irrumpían en sus conductos mentales. No distinguía qué calle había escogido y cuáles la habían elegido a ella para que las caminara. Cuando llegó al hotel, ignoraba si su voluntad la había guiado hasta allí o se lo debía al azar. Tampoco sabía cuánto tiempo había estado deambulando. El subdirector la recibió con los brazos cruzados sobre el pecho. Ella se miró en el espejo para buscar en su pelo ensortijado, en el borde ennegrecido de la camisa, en una brizna de hierba diminuta en mitad de su pecho, alguna pista. Quizás llevaba días vagando y la intemperie refulgía en su cara. Sus mejillas podían estar tiznadas y sus brazos florecidos de hematomas. En el espejo vio un rostro muy pálido, el cabello convertido en un estropajo de acero, como si un cierzo de una fiereza mastodóntica se hubiese encarado con ella. El color había huido de su piel, ahora casi transparente; a su camisa le faltaban tres botones y sus vaqueros parecían haberse restregado por el suelo de una discoteca. No recordaba que hubiese habido cierzo. No recordaba en verdad nada, y se sentía desfallecida y hambrienta.

—Una más como ésta y te despiden —le dijo el subdirector—. Te salvas porque no hay feria y Trini se las ha arreglado sola. ¿Y esa pinta?

Quiso decir algo, pedir perdón y prometerle al subdirector que no volvería a pasar, que se había despistado, que como estaba preocupada y débil se habría desmayado en la calle. Eso justificaría su aspecto y su amnesia. Pero ninguna palabra acudió a su boca. La acosaba el miedo a su voz rota, a emitir un gruñido penoso e interminable si trataba de hablar. Tras las cortinas blancuzcas del despacho se adivinaba la noche silenciosa. El subdirector se quedaba a menudo trabajando hasta tarde cuando había que cuadrar las cuentas. ¿Era hoy uno de esos días? ¿O acaso había vuelto el invierno, lo que explicaría la oscuridad a una hora temprana? Esto último resultaba imposible aunque en su cabeza todo fuese probable. Pero si llevara meses deambulando por la ciudad, el subdirector ni siquiera la habría reconocido. Se palpó el brazo desnudo, el vello de su piel como el de un pollo. El subdirector se despidió sin extrañarse por su silencio. ¿Hablaba ella siempre tan poco que nadie se sorprendía?

Su móvil marcó al cargarse las 00.43 del día siguiente. Había estado perdida una jornada. Por la mañana, la de Burgos no le recriminó por su ausencia, y ella pensó que se le habría olvidado. Allí todos los días eran tan iguales que anulaban la memoria. Luego sus pensamientos se tornaron más negros. ¿Y si se volvía loca? Soñó con que la de Burgos estaba dentro de un coche detenido en un páramo. El sol lucía alto y cegaba, y en lugar de dar calor, extendía por aquel paraje un frío tal que hacía que la de Burgos se retorciera como una criatura que, nada más nacer, se enfrentase a la muerte. Paladeaba el odio de su compañera hacia ella, a pesar de que no formaba parte de la vida de ese ser del sueño. Se convenció de que tamaña inquina, manifestada en esas torsiones oníricas, debía de corresponderse con algo real. Y no lo soportó. Puesto que aún no había comprobado si existía relación entre vivir en el hotel y soñar los sueños de los demás, empezó a pasar algunas noches fuera. Era el final de julio cuando tomó la decisión de romper con los sueños ajenos.

La noche estival favorecía sus escapadas. La primera vez temió que alguien la atracara, y escogió un banco del centro. Era sábado; estuvo rodeada de gente que iba de un bar a otro. Se le acercaron dos chicas para preguntarle si se encontraba bien. No logró dormirse hasta las cuatro, y su sueño fue ligero, plagado de ruidos; no le sirvió para determinar si le pertenecía. Cuatro días después volvió a irse discretamente del hotel. Esta vez tampoco se atrevió a alejarse del centro. Aunque no había demasiados juerguistas, no eligió el bulevar principal ni la plaza en la que desembocaba. Se decantó por el ensanche y se tumbó en el poyo de una jardinera, frente a un pub. Antes se asomó al local. Vio parejas y hombres solitarios, seguramente alcohólicos. Del pub salía un popurrí de música española de los noventa: sonidos blandos, tensos, rotos. Soñó con una pila de agua en la que se sumergía con las piernas recién depiladas. La rojez de sus poros, y un calor que le nacía hondo, se calmaba en forma de ondas, y algo crucial se resolvía. Despertó un poco antes de que sonara la alarma del móvil, y se fue alegre y con una cagada de pájaro en la rebeca. Tenía los pies congelados; en el ambiente aún se respiraba la noche, con sus siete grados menos. A las nueve de la mañana, mientras reponía el jamón y el queso del desayuno, ya sudaba. El sol escupía en la medianera y el aire acondicionado de la planta se había estropeado.

Si bien la incertidumbre carecía ya de sentido, tras meses despojada de una parte de su vida cuya recuperación vislumbraba no podía conformarse. Un martes, pasada la medianoche, se levantó y, sin cambiarse el camisón −era rojo; se confundía con un vestido−, salió a la calle. Optó por unos bancos junto a la pared de una iglesia. Aquel lugar recogido exhibía una vejez distinta a la de los edificios céntricos, de cachivache barato que se estropea rápido. Se durmió nada más recostarse y abrió los ojos al amanecer. Tuvo la impresión de que no había nadie en la urbe. Ni siquiera se oían los automóviles, y el fresco del alba, que pronto se disiparía bajo un cielo abrasador, no parecía propio de la atmósfera, sino del espacio sideral. Se puso en pie. Una sirena de la policía surcó el aire. Era un sonido denso, crispado, como si contuviese distintas clases de melodías atronadoras. No hubo más silencio. Rugieron las persianas que se alzaban y el tráfico; la ciudad se desperezaba y corrió hacia el hotel. Llegaba con retraso. El recepcionista la miró con gesto picarón y baboso, «Qué vestidito tan mono». No le contestó. Al llegar a su cuarto se puso su uniforme, y sin lavarse la cara, se plantó en la cocina. Los sueños de la de Burgos no la habían invadido esa noche. En verdad no recordaba lo soñado, aunque el vacío que se hizo a su alrededor al despertar, como si a la capital la hubieran convertido en una maqueta, pertenecía a alguna trama onírica olvidada y propia.

Se pertrechó mejor para la siguiente ocasión. Compró una esterilla de segunda mano y una manta ligera para guarecerse de la madrugada y los maleantes, los cuales, si se cubría lo suficiente, la confundirían con una mendiga. Así no le robarían. Tampoco habría tentaciones sobre su cuerpo enjuto de líneas rectas; con aquel trapo encima no incitaría la lujuria. Dormiría junto al río o en un parque, lugares que se le antojaban más cómodos, que propiciarían un descanso profundo, una conquista amplia de sus sueños. No contó con que en la ribera hubiese enjambres de mosquitos, que zumbaron sobre sus oídos toda la noche, incluso cuando metió la cabeza bajo la tela. El desenfreno de alas buscando su sangre le impidió descansar. Volvió al hotel cubierta de picaduras, una de ellas en un párpado que se le hinchó como una pelota hasta que una camarera le untó una crema del botiquín. Cambió su idea de pernoctar en parques o junto al río, y se refugió debajo de un puente recién construido sobre una explanada en la que antes había chabolas. El puente, blanco, hermoso, comunicaba la estación de trenes con la sede del afamado museo de arte moderno que iba a inaugurarse en seis meses, y la explanada sólo servía para que los niños de los bloques colindantes jugasen al balón o se echaran al suelo a ver pasar los aviones. Pero también había un gran proyecto para ese sitio, o eso decían. Tardó más de una hora en llegar, y cuando estuvo bajo una de las pilas del puente, que expelía un fuerte olor a orina, sintió demasiada ciudad a sus costados. La superficie de cemento, que formaba un círculo gigantesco entre los edificios, le recordaba a su habitación del hotel: era un estado de excepción, un territorio que se desgajaba de cualquier espacio racional. Experimentó pavor a lo que pudiera soñar en aquella extensión descomunal. ¿Sería traspasada por los sueños de millares de personas, y esa multitud en su cabeza la desintegraría? No se equivocó sobre lo primero. Alejada de los estribos para que no la alcanzase el tufo a pis, recibió fragmentos oníricos que acontecían a la vez. Ella los contemplaba como si poseyera el don de la ubicuidad. Cuando despertó, no lo hizo en miles de pedazos, aunque sí notaba que su mente sabía ahora mucho más que ella, que sólo era capaz de recordar retales. En alguna parte de sí misma todos esos sueños seguían reproduciéndose. En lugar de sentirse destruida por la invasión, estaba tranquila y como si la explanada no fuese más grande que su casa de Huesca. Se acordó de un poema donde una muchedumbre salía a la calle. Había llegado la hora de hacer cosas, de acudir a los trabajos, de llevar lutos. Sólo memorizó el arranque:

Desde hace una hora, una hora exacta
un millón de personas está a punto de salir a la calle.
Desde hace una hora, desde las siete y media de la mañana
un millón de personas está a punto de salir a la calle.

Había apuntado esos versos tiempo atrás, mientras los recitaba un locutor de Radio 3 que dedicó la emisión a la poesía urbana. Le sorprendió que nada de lo escogido por el locutor contuviera a Huesca. Pero Huesca, se dijo, era una ciudad. Entonces empezó a anotar los poemas. Cuando tomó el empleo en el hotel, sí le pareció que el paisaje atisbado desde su ventana estaba presente en los versos. Había un millón de personas saliendo a la calle todas las mañanas a una cierta hora. Y en ese momento, bajo el puente blanco y con la explanada como una enorme lengua tendida hacia el infinito, tuvo la certeza de que eran muchas más las que acudían a sus oficinas, a sus consultas, a sus andamios. Eran tantas que, si se contaban, la cifra sería astronómica. Tenía que regresar al trabajo, pero no era capaz de dejar de mirar a la gente a lo lejos, en los balcones de los bloques y en las calles. También esperaba que alguien atravesase la explanada. Pasaba el tiempo y ese erial de cemento seguía vacío, como si los habitantes de los pisos cercanos evitasen poner un pie en él. Ni siquiera los que sacaban a pasear a sus perros cruzaban la fina línea de césped reseco que lo flanqueaba. Supo que no podía irse de allí hasta que alguien no pisara el lugar y caminase hasta su centro.

Un niño, que desde aquella distancia se vislumbraba tan diminuto como la yema de un dedo, se acercó al borde y la observó largo rato. Quizás trataba de dilucidar si aquello era una persona o una muñeca. En su móvil había llamadas del subdirector. Estaba despedida, se dijo, pero la palabra «despedida» no le sonó a que la echaran, sino a lanzarse sobre todas aquellas calles cuyos moradores tendrían sueños que la asaltarían cuando cerrara los ojos. Por un segundo, añoró su habitación del hotel, las toallas limpias, la ducha matutina, a la de Burgos con su odio sereno, a su propia desposesión, contra la que ahora se rebelaba en favor de otra cosa que no sabía descifrar. El niño dio unos pasos más y volvió a quedarse quieto. Luego avanzó otro poco. Se preguntó si la precaución del infante tenía que ver con la explanada o con ella. A lo mejor los vecinos habían querido un parque en lugar de ese sitio yermo, y ahora ejecutaban un boicot del que hacían partícipes a sus hijos. O tal vez no estaban acostumbrados a que nadie durmiera bajo el puente, y un murmullo silencioso había recorrido desde primera hora de la mañana los bloques: hay una loca acostada allí debajo. El niño siguió caminando, y antes de que la pudiera ver de cerca, ella se puso en pie y abandonó el lugar.

MEMORIAL

Le llegó un aviso. Un trozo de fotografía en blanco y negro. Una nariz fina, una mejilla. Una oreja de contorno familiar. No se veía el rostro entero, lo que no impidió que regurgitara tres veces la comida. El *nick* también era responsable de la virulencia de sus ácidos gástricos. Apep Otein.

No le gustaban los seudónimos, pero eso no explicaba su angustia. La aprensión hizo que transcurriesen cinco días antes de pinchar en el icono de Facebook de su móvil. Pasó entonces de la ansiedad al terror. Ante ella apareció la cara de su madre, muerta dos semanas atrás. Se percató de que el *nickname* era el nombre de su madre al revés. Apep Otein = Pepa Nieto.

La fotografía pertenecía a los años setenta, y habría apostado el brazo a que jamás había salido de las estanterías del salón. Por otra parte, le resultaba improbable que su padre, el único que tenía acceso a los álbumes, hubiese abierto una cuenta en Facebook con un retrato de su esposa con veintisiete años y su nombre al revés. Salvo que estuviera volviéndose loco.

Le vigiló durante un par de jornadas. Consideró normal su duelo. Pesadumbre contenida, desamparo, confusión por no encontrar a su mujer en las habitaciones por donde ésta solía trajinar, como si los sentidos aún no asimilaran el cambio. Estuvo segura de que no era el responsable de la fechoría.

Apep Otein carecía de amigos. En la biografía sólo figuraban la foto de Pepa Nieto y un muro blanco. Quizás, pensó, únicamente le había pedido amistad a ella. No aceptó la solicitud, aunque tampoco la bloqueó. El prurito de averiguar quién se escondía tras esa iniciativa macabra y la autoridad emanada de la imagen de su madre, de su nombre escrito al revés, se impusieron al sentido común.

Tenía su cuenta restringida a sus contactos desde que la novia de un exnovio la había acosado. Durante los meses en los que ignoró la identidad de la acosadora, que en las redes se presentaba como un hombre, vivió con la fobia a ser asaltada en plena calle. Cuando descubrió que se trataba de una enferma mental, se rio de sí misma y del miedo. Sobre todo del miedo.

Volver a usar la palabra «acoso» la espantaba, como si sus efectos precisaran validarse. Había sido imprudente al estimar que el miedo era siempre desdeñable, y ahora temía que hubiese instancias superiores prestas a castigar su atrevimiento.

Esperó el mensaje confirmatorio de que, tras el perfil de Apep Otein, había alguien letal, capaz de haberse colado en la casa para registrar los álbumes hasta dar con esa foto.

Y es que no era una imagen cualquiera sino, de entre el centenar de fotografías de Pepa Nieto, su favorita. De niña había pasado horas mirando esa instantánea con adoración, como si lo esencial de su madre estuviera en ese día de 1975, antes de que ella naciera. De aquel embeleso que duraba toda la tarde obtenía una anticipación de su futuro, el cual debía, a fuerza de contemplar la foto, parecerse a su madre con veintisiete años, tener sus mismos rasgos, la suavidad de su belleza, tan alejada de la suya (su cuerpo se inclinaba hacia la torpeza regordeta de su padre). Hasta quinto de EGB sólo deseó para su porvenir protagonizar ese retrato.

La pubertad destruyó el hechizo y lo transformó en rencor. Su deseo de no verse reflejada en el espejo materno se tornó imperioso. Durante los últimos meses de la enfermedad de Pepa pidió una estancia en una universidad extranjera. Pasó allí, refugiada en el candor de la investigación, el fallo de los órganos, la botella de oxígeno, la delgadez cadavérica, brutal, de su madre.

No llegó el temido mensaje cuajado de amenazas. Apep Otein seguía sin amigos y sin noticias en el muro. Como si la cuenta no tuviera más finalidad que su propia existencia.

Barajó hipótesis amables. Tal vez fuera su tía Loli, quien gustaba de conmemorar a los muertos con ideas excéntricas, la autora de la herejía. Su tía podía tener una copia de esa foto, aunque la suposición le fallaba porque no era propio del carácter de Loli el no haberla avisado.

Empezó a recalar en la página con menos asiduidad. Pasaron los meses y se desentendió del asunto. Luego volvió a visitarla. Seguía igual de solitaria. El muro en blanco, ni un solo amigo. Congelada como su madre muerta. Le dio a «Aceptar».

Pinchó en la foto, reproducida en el perfil y en la biografía. Entonces se percató de que al pie de la imagen figuraban la fecha y la hora a la que había sido subida. El 7 de julio de 2011 a las seis de la mañana. El día y la hora a la que había muerto Pepa Nieto ante su abuela y su madrina. A ella, que dormía en un sofá frente al lecho mortuorio, la despertaron cuando ya habían avisado a la enfermera para que trasladasen el cadáver a la morgue.

Esa madrugada, mientras su madre agonizaba —era jueves y llevaba desde el lunes con la respiración convertida en puro estertor—, se echó en el sofá rendida por el cansancio. Su madrina la arropó con una sábana. La ternura con la que la tela se posó sobre sus hombros fue idéntica a la de cuando su madre se inclinaba sobre ella en la cama para taparla con la colcha. Aquélla sería la última vez que sentiría sobre su cuerpo esa delicadeza de pájaro. Durmió un poco, hasta que su madrina la despertó para decirle que Pepa acababa de fallecer. Supo entonces que quien la había arropado con dulzura había sido su madre a través de su madrina, que el gesto fue una despedida, y también un último acto protector.

Usó el servicio de ayuda de Facebook para indagar si era posible hacer cambios en los datos de fecha y hora de una publicación. El resultado de su pesquisa la alarmó: esos datos eran inmodificables. Pasó dos noches sin apenas descansar, al cabo de las cuales decidió contárselo a su padre. Éste vagueaba frente a la tele, y se encogió de hombros, como si fuera normal que alguien abriera una cuenta con la foto de su esposa y su nombre al revés en el momento de su deceso.

La impasibilidad de su padre la puso peor. No paró de comprobar esa fecha y esa hora en el perfil de Apep Otein, y a la semana desarrolló un trastorno obsesivo. Cada cinco minutos pinchaba en la imagen ansiando hallar un error. Se comportó como si su vida dependiera de esos datos. Jugaba a la ruleta rusa. Acabó con un ataque de pánico tan fuerte que tuvieron que ingresarla para inyectarle un tranquilizante. Su padre, pequeño y redondo, la observó desesperado, como si tras perder a su mujer fuera a asistir a la muerte de su hija. Ella no fue capaz de confesarle que esa cuenta de Facebook le había producido el colapso. Tampoco se lo dijo al psiquiatra que la visitó, ni al psicólogo. Ante ellos sintió una mezcla de rabia y vergüenza.

Le prescribieron una medicina que tenía unos efectos levemente similares al MDMA. No fue lo mejor para impedir su fijación con el perfil de Apep Otein. Comenzó a sentirse eufórica y a convencerse de que su peregrinaje diario no se relacionaba con verificar el día y la hora de la fotografía, sino con demostrarse que podía soportar ese hecho.

Buscó de nuevo una explicación. Se le ocurrieron algunas hipótesis retorcidas pero no imposibles, y en todas intervenía el azar. Por ejemplo, imaginó a un ladrón de identidades que hubiera entrado en su casa y escaneado esa instantánea para engordar la lista de personas cuya vida emulaba luego en las redes. Ese ladrón anómalo seleccionaba las mejores fotos, las más bellas y felices, así como los objetos de mayor valor sentimental, para ir dejando huellas de esas personas por el espacio virtual. Unas huellas que, para obtener un efecto, sólo se dirigían a los allegados de las víctimas. Asimismo, fantaseó con algún amigo de su familia enamorado de su madre, que al saber que ella agonizaba en el hospital, hubiese abierto esa cuenta en un arrebato de dolor, rabia, desconcierto o pura aprensión ante la muerte, produciéndose una siniestra coincidencia con el momento en el que su amada fallecía. Se dijo que, de ser así, esa persona le habría solicitado amistad, y luego, pasado el periodo de duelo, se habría abochornado u olvidado de su acto demente. También se dijo que, bajo los efectos de la medicación, estas suposiciones funcionaban como un narcótico más, y que las fabricaba como parte del restablecimiento de ese tipo de normalidad que precisa una elucidación de todo.

Las pastillas no impidieron que el 7 de julio, en el aniversario de la muerte de su madre, su tranquilidad se hiciera otra vez añicos. Abrió Facebook al levantarse (esa mañana su padre y ella planeaban ir al cementerio a llevarle unas flores a Pepa) y se encontró con la primera, y hasta el momento, única publicación de Apep Otein: una fotografía de una piscina. Reconoció enseguida la forma sinuosa que trazaba un ocho, la pintura añil, la pared encalada del recinto, la valla de metal.

Era la piscina de la casa donde vivió hasta los siete años, desde la que se oteaba la campiña cordobesa, y que estaba en una aldea atravesada por una carretera nacional. En la foto no había más que agua quieta. Tenía los colores de las polaroids que sus padres guardaban, pero no recordaba haber visto en los álbumes una donde sólo apareciera la piscina.

La imagen la retrotrajo a una tarde, ya casi noche, en que su madre y ella estaban en el agua, que por contraste con el frescor del ambiente se sentía cálida en el cuerpo. Pepa hizo unos sándwiches de queso y se los comieron dentro de la piscina, moviendo con lentitud las piernas. Después se tumbaron en el bordillo, que guardaba la calentura del sol estival, y escucharon el pasar de los coches en la carretera. Jugaron a adivinar si se trataba de un automóvil grande o pequeño, de una furgoneta, de un tráiler.

Tuvo la certeza de que la foto inaugural del muro de Apep Otein se tomó ese día en el que su madre y ella miraron el ocaso con los bañadores mojados y el olor azul del cloro, lo cual, por otra parte, resultaba inverosímil. Era su padre quien tomaba siempre las fotografías. Aquella jornada su padre se había ido de viaje, lo que explicaba el estado de excepción del que habría que acordarse siempre: su madre y ella a solas, sin nada que hacer, salvo estar juntas.

Antes de la visita al cementerio, tras repasar los álbumes y registrar los cajones, le preguntó a su padre si recordaba una polaroid de la piscina de la casa de la campiña. Conforme se lo preguntaba, se sintió idiota. Él jamás disparaba la cámara sin que hubiera gente.

—Quizás fue tu madre quien la hizo. Yo no la recuerdo. ¿Por qué quieres saberlo? —le respondió.

Su padre estaba ya más recuperado de la pérdida de su esposa. Ahora se citaba con mujeres a las que conocía por internet. Ninguna le duraba más de dos o tres semanas, lo que no le afligía. Pensó en que insistirle con ese alguien que usurpaba la identidad de Pepa a través de imágenes que no habían salido nunca del piso amargaría su alegría de soltero, a la que recién llegaba, y se contuvo.

Cuando franquearon la puerta del camposanto eran las doce. Habían elegido para su madre una lápida sobria con una cruz tallada tan discretamente que costaba verla. Tal austeridad contrastaba con las pesadas cruces de bronce y las letras en relieve de otros lechos mortuorios. El mediodía abrasador confería al cementerio, vacío por la chicharrera, y a los sepulcros, una realidad que enmudecía lo que no brotase de las puras piedras. El pensamiento de fantasmas o de locos resucitando a los difuntos en el espacio virtual se tornaba allí imposible. Las tumbas albergando huesos eran todo lo que había, así como la tristeza de su padre. Una tristeza que empezaba a deberse más a su vejez que a cualquier otra cosa.

—¿Has quedado hoy con Luisa? —le preguntó.

Luisa era la mujer con la que salía últimamente.

—Hoy no —respondió su padre.

Luego puso una mano sobre la lápida de su esposa, adornada con unos lirios de la mejor tienda de flores de la ciudad. No llegarían frescos a la noche.

Volvió a visitar compulsivamente el perfil de Apep Otein, del que emanaba un silencio extraño. Ella seguía siendo el único contacto. Dobló la dosis del antidepresivo, y durante cuarenta y ocho horas la invasión de fluoxetina en su sangre la hizo reír a destiempo y contemplar la foto de la piscina con indolencia. Cuando se estabilizó, apareció una nueva imagen en el muro.

Se trataba de su madre en una camilla, junto a una ambulancia. Su padre le daba la mano. La imagen, hecha desde arriba, abarcaba la calle, el vehículo, los camilleros, Pepa Nieto, a la que apenas le quedaba aliento, y que había decidido ingresar esa tarde en el hospital para morir. Recordaba esto no por haberlo visto en fotografía alguna, sino porque era ella la que observaba, asomada a la ventana del salón. «Mi último viaje», le contó su padre que le había dicho Pepa durante el trayecto. Su madre miró por un momento hacia ella y le hizo un breve gesto donde no había pena ni miedo, pues para la pena y el miedo hacían falta fuerzas, y Pepa Nieto estaba exhausta.

Cabía pensar que la foto la había tomado un vecino. Sin embargo, lo que había en los dos pisos de arriba eran matrimonios de ancianos que no tenían aspecto de dedicarse a tales menesteres. Y aun cuando sus vecinos se entregasen a quehaceres extravagantes, ella habría estado segura de que esa imagen sólo pertenecía a su propia cabeza. Aquella perspectiva se obtenía desde la ventana del salón de su casa. Y lo congelado en la instantánea era el gesto de constatación de su madre al verla allí asomada.

A partir de entonces supo que podía toparse con cualquier cosa en el muro de Apep Otein. Y así fue. Se colgaron dos archivos de audio —en uno se oía a su madre cantar, en el otro las risotadas que le arrancaba *Tootsie,* una de sus películas favoritas—, fotografías de los restaurantes que frecuentaba, de las habitaciones de los hoteles en los que había estado, de los salones de sus casas, de la confitería francesa en la que merendaba, de los refranes apuntados en libretas, de escaparates de ropa, de sus guisos. Todo correspondía a situaciones que su madre había vivido con ella, o mejor: que ella había vivido con su madre. Esas voces y esas imágenes eran pedazos de su memoria. Nadie gastó jamás ningún carrete en el plato de estofado recién servido, con el mantel de rayas blancas y rosas que presidía la mitad de las comidas, ni en los escaparates de las tiendas, ni en las salas de espera de los dentistas. Únicamente en su interior existía tal registro de recuerdos. Un par de ellos sí se materializaban en dos instantáneas que dormitaban en móviles antiguos: una tras una pelea con Pepa en un VIPS y otra en el tanatorio. En esta última aparecía su madre amortajada y expuesta en una vitrina. El sudario no disimulaba la escualidez de su cuerpo, y no había en sus rasgos nada, ni una miga de pasado, ni un destello de cómo la muerte la alcanzó. Su boca estaba cerrada con pegamento. La sacó de esa guisa porque una tía le dijo que tenía que hacerle una foto a su madre muerta.

—Si no se la haces, te vas a arrepentir —insistió.

A pesar de que no tenía ningunas ganas, era supersticiosa. Además, siempre le supuso a su tía un tipo especial e indefinible de sabiduría. Enfocó con la cámara del teléfono el cuerpo yaciente y disparó. Miró en repetidas ocasiones la imagen sin ningún sentimiento y sin atisbar qué necesitaría de esa postal fúnebre en un futuro. Luego le regalaron un smartphone y la foto se quedó ahí, almacenada en el viejo aparato.

Más de una vez se había dedicado a buscar a sus muertos en internet. Rastreaba a menudo a un primo fallecido a los veintinueve años. Sus huellas se esparcían por foros de informática porque había trabajado haciendo software de seguridad. Leía sus respuestas de técnico y estimaba que en su asepsia, tan delicada con el interlocutor, estaba contenido su primo, cuyo nombre evocaba pronunciado por voces familiares que la llevaban a todas las vacaciones pasadas junto a él. Ella se presentaba siempre en su casa mientras la gente aún sesteaba para que se fueran con la bici por las blancas calles del pueblo en el que veraneaban. También buscaba a sus antepasados. Tecleaba el nombre y los apellidos de su bisabuelo, o de los tíos abuelos a los que mataron en la guerra, con la esperanza de hallar alguna información perdida, noticias en archivos remotos. Por supuesto, no encontraba vestigios, y ese vacío la dejaba estupefacta, como si internet estuviera obligado a contenerlo todo, a aliviar su nostalgia y su hambre de datos. Poco después de que su madre muriera, la buscó también a ella en Google. ¿Qué quedaba de Pepa Nieto, además de la ropa en los armarios, los zapatos, los libros, las cremas y un cepillo de dientes en un vaso? Apenas nada: su nombre en la web del Colegio de Médicos, el cartel de una conferencia que había dado en Jaén, un BOE donde se anunciaba su plaza de pediatra y otro que certificaba su traslado a Córdoba.

Apep Otein subió un nuevo audio. Se trataba de una discusión violenta entre su padre y su madre de la que ella había sido testigo. Lo esclareció por el final; su madre gritaba «¡Suéltame, hijo de puta!», hubo un portazo seguido de más golpes y chillidos. Su padre encerró a Pepa en una habitación. Se escuchó a sí misma de niña, también llorando y siendo encerrada en otro cuarto. A oscuras.

Al contrario que su madre, experta en inquinas, su padre era bondadoso, justo y sereno. Atesoraba aquella pelea como una anomalía. Oírse de niña dando gritos la estremeció. Se dijo que Apep Otein actuaba como lo había hecho su madre en vida, yendo a donde dolía para obtener algo indeterminado que nunca podría ser satisfecho. Sintió lástima por ella. Las jornadas siguientes disolvieron su tortura, pues regresaron las imágenes de escenas cotidianas ligeras, alegres, sospechosamente azucaradas, que le hicieron pensar que lo que su madre pretendía a través de aquella cuenta de Facebook era impugnar la memoria de su hija para que no hubiera más recuerdos que los protagonizados también por Pepa Nieto, de tal modo que su pasado se llenara completamente con su progenitora y excluyera todas las experiencias en las que ésta no estuvo presente. Como si no hubiese tenido más vida que aquella de la que su madre había sido testigo y mentora.

Esta conjetura la perturbó tanto que decidió olvidarse para siempre de Apep Otein. Fue fiel a este propósito durante tres semanas. Luego cedió. Cuando volvió a posar el cursor sobre el nombre, le temblaba la mano de impaciencia. No se había posteado nada nuevo. Pinchó en la fotografía de su madre muerta: la cara envuelta en el sudario, el ataúd de madera oscura, las coronas de flores.

Durante su abstinencia del muro fantasmal sintió una desazonadora querencia. El tropel de imágenes y audios la habían alborotado, y se sorprendía anhelando un nuevo recuerdo de Pepa Nieto que su hipocampo hubiese sepultado, el eco de un día anodino de su infancia o de su adolescencia: su madre untándole el pan con mermelada de naranja amarga, limpiando sus bailarinas rojas, acompañándola a la parada del autobús; las expresiones viejas, que sonaban tan jóvenes, de esas primaveras en las que aún se reunía toda la familia y el canto de su madre se elevaba sobre las chácharas. Cada post había sido como descubrir un cajón de objetos amados y perdidos, que aún vibraban al tocarlos.

El fuerte anhelo que tuvo mientras se prohibió acceder al perfil era el mismo que, cuando niña, después del colegio, se le hacía imperioso el deseo de ver a su madre al subir las escaleras hasta su cuarto. Allí la recibía un pestillo echado. Su madre estaba siempre encerrada en el aseo, y eso la aterraba. Tenía que gritar «¡Mamá!, ¡mamá!, ¡mamá!», sabiendo que era posible que no le abriera. El haberse vetado a Apep Otein fue como estar ante la puerta cerrada. Volvió a la cuenta maldita, pinchó en el muro, vaciló unos segundos y escribió y gritó:

—¡Mamá!

Le siguió el silencio y su propia emoción. Lloró ante esa ausencia sin desviar la mirada de la pantalla, esperando con ansia la aparición de su madre. Cuando salió de aquel desquiciamiento, el mutismo de la página le produjo odio y espanto.

Durante algunas semanas no hubo un solo posteo más. Como si el perfil hubiese cumplido su función. Una tarde se publicó, en forma de nota, un largo relato. Era una narración para un concurso de la Asociación contra el Cáncer que Pepa había escrito tras su primera operación. Había guardado ese texto junto con el pisapapeles de plata con forma de salamanquesa, el anillo de brillantes y un broche de su bisabuela, únicos objetos de valor de su progenitora que no repartió entre sus tías. Empezó a leerlo con la impresión de que su aturdimiento se mezclaba con el de su madre:

Ignoraba qué me había pasado ni por qué me encontraba allí. Sólo veía tubos por todas partes.

Lo primero que oí fue la voz de una persona. ¿Era un hombre o una mujer? Me pedía que moviese las dos piernas y que las levantara. No podía elevar la derecha, y metí con cuidado la mano debajo de las sábanas para tratar de saber por qué. Toqué un vendaje que venía del abdomen. En la pierna izquierda no tenía nada. Me preguntaba vagamente a qué se debía esa diferencia, si me habría quedado paralítica. Me habían operado, pero en aquel momento no lo recordaba. No sé cuánto tiempo pasó. Con frecuencia procuraba mover la pierna derecha y un día noté que el vendaje había desaparecido.

Observaba de reojo y a duras penas a mi alrededor. Seguía inmovilizada. Me vi enchufada a tantas máquinas que estuve segura de que iba a morirme. Consideré que sería lo mejor, que tanto sufrimiento no merecía la pena. Repasé mi vida con una sensación rara. Más que una vida, parecía un sueño, y además me sentía muy tranquila, seguramente por los calmantes. Aunque me resultaba difícil pensar con claridad, me daba cuenta de que mi caso no era el más grave. Muy cerca de mí había una persona ahogándose. Tosía continuamente. Esa misma noche o la siguiente, no tenía conciencia del tiempo —estimé que era de noche por la luz tenue de la sala, y además afuera estaba oscuro; tampoco se oía trasiego de personas entrando y saliendo—, vino otro enfermo dando grandes alaridos porque no podía orinar. Aquello sí fue doloroso. Le suministraron de todo, pero el hombre sólo se callaba durante unos pocos minutos.

Me asombraba que nada de esto me molestase. Al contrario: quería saber qué más estaba ocurriendo.

Una mañana vi a dos mujeres junto a una persona postrada en la cama. Me figuré que esa persona estaba muriéndose, aunque no fue eso lo que absorbió mi atención, sino el que esas dos mujeres no me quitaran la vista de encima. Me miraron fijamente durante el tiempo que estuvieron allí, escudriñándome de tal manera que les iban a estallar los globos oculares. A lo mejor trataban de reconocerme y no lo lograban por la cantidad de aparatos conectados a mi cuerpo.

En la estancia, y según transcurría la jornada, había varias tonalidades. Era junio, y por las mañanas entraba un sol bellísimo que iluminaba toda la sala acompañándose de halógenos resplandecientes como canicas, a diferencia de la caída de la tarde, cuando ya sólo había luz artificial. Algunos focos eran rectangulares y refulgían, y otros de led, medianos, emitían un blanco purísimo. Todas las luces se encendían cuando ocurría alguna urgencia, lo cual era bastante habitual. Por la noche dejaban una semipenumbra que invitaba a la tranquilidad y al sueño.

Me obsesioné con los colores. Predominaban el blanco y el verde, sobre todo este último por las batas de los enfermeros y los auxiliares, que parecían manzanas. También había batas azules, y las mascarillas se tornaban grisáceas por el aliento. Incluso el ruido de las máquinas tenía un color. A veces esas máquinas se disparaban y me daban miedo.

Mi estado de ánimo oscilaba. Seguía sin saber qué había pasado. ¿Desde cuándo estaba así? A veces quería llorar, pero era imposible. Pasé más de un año sin echar una lágrima, y eso que soy muy llorona.

Un día un enfermero me dio un chisme con una boquilla para soplar y tres bolitas dentro de una especie de cajita con departamentos pequeños que se comunicaban con la boquilla. El chico me decía que espirara fuerte para que las bolitas ascendieran. Yo no espiraba, se me había olvidado. Tampoco comprendía el interés del enfermero.

Una madrugada vi cómo del tubo acoplado a mi boca salía un líquido oscuro. Me sobrecogí y llamé con señas a una auxiliar. No recuerdo qué explicación me dieron.

Lo más hermoso lo sentí cuando vi llegar a mi hija gritándome: «¡Mamá, te lo han quitado!». Irradiaba tanta alegría, tanta esperanza, y sus ojos brillaban de tal modo, que hizo que, pese a estar postrada en la cama, yo comprendiera que tenía que salir de allí.

ENCÍA

Era julio y los helados se derretían al atravesar la puerta de Palazzo; llevábamos así meses, como un ritual o una religión que nos ayudaba a aguantar hasta la noche, cuando el calor se disolvía en hilos de aire y yo ya estaba harta e Ismael se apretaba el carrillo con una camiseta que envolvía hielos en forma de corazón, regalo de una despedida de soltera que sólo lo fue nominalmente, porque Ismael y yo seguíamos sin casarnos pero hacía poco que decidimos simular una boda para, entre otras cosas, dejar de hablar de bodas. Él no quería casarse y yo sí; necesitaba recorrer su significado, disfrazarme de gesto; además me gustaba ser la oponente de esas parejas orgullosas de sus tres niños sin haber pasado por la vicaría o el juzgado: yo les enseñaría los retratos de mi falsa boda. Qué tal entonces, Ismael, unas fotos de mentirijilla, nunca hemos celebrado nada. Fue una broma al principio, como cuando para la felicitación navideña nos convertimos en la Virgen y San José con unas sábanas y unas aureolas de papel de aluminio. López, nuestro perro, hizo de niño Jesús entresacando el hocico por un chal que me compré para la graduación de mi prima Maite. El chal era pajizo; si recortaba la fotografía y me quedaba sólo con López, parecía ese cuadro de Goya en el que asoma la cabeza de un perro. Me daba pena López, y eso que los animales no hacen el ridículo. ¿Estábamos tú y yo ridículos ataviados de San José y la Virgen? ¿Los amigos se habían sonreído con algo de vergüenza ajena? Creo que no, pero quién me lo asegura. Con lo de la falsa boda yo esperaba abrir una puerta, entrar en una habitación nueva y rara. Ansiaba algo que le diera la vuelta a todo, parir cuervos en vez de hijos. Y me convencí de que alejaba la mala suerte. Esto no lo sabría explicar; tampoco me detuve a analizarlo. Tenía prisa por irme de vacaciones en febrero. Ese año nos lo podíamos permitir, pues Ismael terminaba el periodo de exámenes en la universidad y yo estaba en la lista de interinos de secundaria y no me habían llamado por culpa de los recortes, que me traían la imagen de hojas de morera comidas por gusanos de seda. Qué me importaba, si lo mío era el cine y acababa de tocarme un dinero con un cupón de la ONCE. Pasaría el resto del año con holgura, sin que Ismael tuviera que pagar solo el piso.

Mi mejor amiga tenía un chalet en Robledondo y nos lo ofreció para celebrar allí el convite. En la falsa despedida de soltera no hubo antenas de abeja Maya ni diademas de polla; tan sólo imprimí en unas camisetas una fotografía de Ismael y mía vestidos de novios. El montaje de Photoshop lo celebramos con vino blanco de Rueda. Había estado ensayando con trajes virtuales en los que pegaba nuestras cabecitas, que semejaban bolas de *pinball* y encajaban bien en cualquier cuello. A última hora cambié el destino de nuestras vacaciones. Íbamos a irnos a la casa londinense de un amigo. Antes de sacar el e-ticket vi en el periódico una oferta para pasar veinte días en Lanzarote. Algo se deslizó, suave, y me fui a la agencia de viajes para contratar la oferta; por la noche, sobre la mesa y delante de Ismael, extendí un mapa de la isla donde se la representaba casi negra, con sus picos de volcanes como nidos de pájaros, sus pueblos ralos. Ismael se puso tenso, no por rechazo, sino a la manera en la que un cazador advierte a lo lejos una presa. Me dijo que siempre había querido ir a Lanzarote y que no se sabía de qué color era la isla en aquel mapa. Nos alumbrábamos con la lamparita y encendí también la luz del techo, que no arrojó certeza alguna. Tampoco investigamos en internet. Nos gustaba quedarnos con la incertidumbre de aquel plano que me habían dado en la agencia, donde la isla parecía un invertebrado según Ismael. No debíamos distraernos mucho; en la nevera había quintales de tortilla, embutidos, fuentes de tabulé, y nos faltaba sacar el marisco del congelador, tal y como nos habían dicho en el cocedero: descongelar los langostinos la noche antes. Teníamos asimismo que llegar temprano a Robledondo para montar las mesas, pero yo pensaba en ello como algo lejano y creo que lo mismo le pasaba a Ismael. Frente a nosotros, en un perchero de pared, estaban nuestros trajes, que López olisqueaba moviendo el rabo. No nos atrevimos a meterlos en el armario, como si se nos fueran a olvidar. A pesar de que no tenía la cabeza puesta en la boda, le dije a Ismael que podríamos habernos casado de verdad; él me respondió que cuando eso sucediese nuestros amigos vendrían al convite real como si fuera ficticio. La falsa boda se me antojó de pronto absurda, separada de mis intenciones; barrunté entonces que su único fin era tener una excusa para hacer algo que llevaba tiempo deseando: irme a una isla, contemplar el océano desde la arena. Observé de nuevo el mapa y me pareció el dibujo de una sanguijuela. Ismael tenía razón al compararlo con un invertebrado. Me sentí libre de mis huesos, sumida en formas de vida antiguas y plácidas.

Nos levantamos a las siete, y tras dejar a López con mis padres, nos fuimos en vaqueros a Robledondo, con nuestros trajes de novios colgados en los agarramanos de las ventanillas traseras y el maletero pletórico de comida. Yo apenas había dormido, y cabeceé durante el trayecto. Beatriz nos regó con café; a las diez estábamos ya en el jardín, deseando que el sol arrebolara unas nubes de aspecto calcáreo. No se vaticinaba rasca para la jornada, estaba siendo un invierno caluroso incluso en la sierra, además había mesas dentro para los frioleros. El sol de las once se presentó caliente y nos vestimos en silencio. En el espejo me asaltó el deseo de ir a una peluquería para que me peinaran, cosa que no había hecho jamás. Le pedí a Beatriz que hiciese de peluquera.

—¿Cómo te peino? —me dijo.

—Como quieras, pero péiname durante un rato. También quiero que me maquilles.

Cerré los ojos y me entregué a las manos de mi amiga. La ceremonia fue rápida, el sol repartía una calentura suficiente para las horas que íbamos a pasar entre los invitados y el Ribeiro, y recuerdo mirar hacia una esquina del jardín y toparme con Ismael a cuatro patas comiendo césped antes de deslizarme al baño y vomitar los litros de café y vino que me producían un entusiasmo histérico. El alcohol no disipó la impresión de gratuidad; los gestos de Ismael y míos servían para arrancarnos cachos de costra, pero allí ebria concluí que nosotros éramos la costra. A pesar de lo que digo ahora, de la borrachera y del breve aleteo del frío cuando me quedaba quieta, lo pasamos bien, yo con mi vestido beige estilo años veinte y el tocado sencillo que me había puesto Beatriz, Ismael con su traje de chaqueta y su pajarita. ¿Y no les has dicho nada a tus padres?, le pregunté. Sabía que no les había dicho nada, ni yo a los míos, salvo que nos íbamos de viaje, pero por momentos me hería nuestra orfandad. Era probable que escondiéramos en el fondo del armario las fotos de esta falsa celebración para que nuestros hijos no las descubrieran. Las sacaríamos si ellos se convertían en seres sofisticados, pero eso podía no ocurrir nunca. La fiesta se prolongó la noche entera; al día siguiente, a la hora de comer, embarcamos para Lanzarote en un estado lamentable. No recordaba qué había metido en la maleta, e Ismael tampoco. El puro cansancio no nos dejó echarnos la siesta. Cuando el avión fue acercándose a la isla nos pegamos a la ventanilla, yo sobre las piernas de Ismael intentando reconocer la silueta negra. El único color que se avistaba era el añil del océano, que subía hacia arriba hasta cubrir de una bruma celeste la atmósfera. No logramos distinguir volcanes ni ninguna otra cosa hasta que el descenso permitió una imagen precisa de la línea de costa; debía de hacer mucho viento, pues el aparato daba tumbos. Luego, durante unos instantes, pareció que nos deteníamos, que la aeronave se había quedado suspendida con placidez de ave en el mismo sitio. No fue más que una impresión; al poco el avión bajó. Todo se volvió alquitrán y rayas sobre una superficie yerma.

Pasamos los cuatro primeros días entre Playa Quemada y el Timanfaya, sorteando descalzos las piedras volcánicas. En aquellas jornadas cobró sentido nuestra falsa boda, un sentido distinto que no sabría precisar pero que me hacía estar segura. Las horas se derretían sobre nosotros, sentados en la arena y sin nada alrededor excepto las lomas suaves recorridas por una paleta marciana. Rojos, negros, y yo presta a no aguantar más frente al ordenador: no quería otra virtualidad que la adherida a aquel desierto. Por las mañanas me levantaba antes que Ismael para zambullirme en el Atlántico frío, y en verdad para estar un rato a solas; después me iba a desayunar al bar del pueblo, si bien no me parecía que aquello fuese un pueblo. Aunque jamás nos referimos a la localidad de ese modo, Playa Quemada era una aldea. Había otras muchas cosas que tampoco acudieron a nuestros labios. Permanecimos horas sin formular un solo pensamiento, envueltos en frases simples e infantiles: «Me voy al agua. Me voy». Y ya dentro: «De aquí no me saca nadie». Ismael leía ahora sobre el cerebro, y por la noche hablábamos de que el contacto con la naturaleza debía de producir en nuestros cuerpos alguna respuesta ancestral. Nos saldrían branquias si pasábamos el suficiente tiempo sumergidos y con la conciencia en algún valle remoto del océano.

Ismael estaba tan relajado como yo, tan de tregua, hasta que una noche, cuando lucíamos ya un moreno discreto, comenzó el dolor, el mismo que hacía un año le llevó a suspender las clases y a que le rebanaran un trozo de encía. En aquella ocasión se le infectó la boca entera; mientras el dentista le sacaba un filete de mucosa, Ismael tiritaba de fiebre. Sus quejidos nocturnos no impidieron que me levantara temprano para bañarme en la playa. Salté de la cama nada más abrir los ojos, me coloqué deprisa el bikini, abandoné el cuarto con cautela; en el agua me demoré más de lo habitual, previendo una jornada de médicos y farmacias, o de espera. Entre el oleaje advertí los fulgores de un pez amarillo que me asustó. Estuve unos segundos quieta, al principio no creía lo que veía y además me paralizaba el rencor. Me fui a desayunar, y en lugar de una tostada, pedí boquerones en escabeche. El hombre del bar me dijo que los boquerones en escabeche no eran la especialidad, pero que me prepararía unas lapas. Me ruboricé y ordené una tostada con aceite, zumo y café; al volver a la habitación, me encontré con lo esperado: Ismael sin asearse frente al espejo, goterones de sudor limpiándole las sienes, la angustia formando hilos enjutos en el rostro, en todo el cuerpo. La luz del baño caía con una verticalidad difusa enmarcando sombras y brillos sobre su piel: parecía un lagarto. Lo miré con frialdad. Estaba absorto en su nuevo traje, y aunque no le pregunté, sé que no se percató de que yo llegaba una hora más tarde. Se le veía horrorizado y extasiado.

Conseguimos cita con un dentista en Arrecife. Ismael tenía fiebre, en la sala de espera se esforzó por disimular un temblor. El dentista le advirtió que si le cortaba la encía iba a estropearle las vacaciones. Era mejor que se tomase un antibiótico y regresara a Madrid para que le metieran el bisturí. A Ismael le quedaban días de asuntos propios; no pasaba nada si se cogía un par más. «Lo malo es el aliento, pero podemos pasar sin besos», me dijo al salir de la consulta; asentí por responder algo a esa vergüenza absurda, como si no tuviésemos mal aliento por las mañanas. Quizás lo que le abochornaba era quebrar la armonía de nuestros cuerpos, el revolcarnos entre las piedras y follar y sentirnos lozanos de dieciocho con treinta y muchísimos yo y él con cuarenta. El antibiótico le bajó la fiebre, si bien no volvió a trotar con pachorra. Las jornadas siguientes, por la mañana, lució falsamente animoso, y lo que se llevó a la playa no fue el libro sobre el cerebro, sino el Kindle con las tesis de sus doctorandos. Se compró un periódico, y entre anotación y anotación le echaba algún que otro vistazo devoto. El periódico encarnaba el relax. Sólo los domingos, y también cuando estábamos de vacaciones, Ismael se permitía pasar la mañana entre artículos de opinión y noticias, sin nada que anotar y dando rienda suelta a su cuñadismo en el gesto, el cortado primero y la caña cuando llegaba a los suplementos dos horas después, casi siempre en la plaza de las Comendadoras si hacía buen tiempo, o en Le Pain Quotidien en invierno, pidiendo entonces café americano porque le gustaban los tazones para mojar el pan con mantequilla. Durante la semana sus lecturas eran las obligatorias, especialmente ahora que la universidad se desmoronaba y él siendo aún profesor asociado, con la zozobra ante los años que le quedaban para obtener una titularidad. Eso le desencajaba la cara. Yo me había retirado a tiempo de la universidad a pesar de mi doctorado. Hacía mis pinitos con el cine, y estrené un corto que ganó el premio de la sección Nuevas Olas del Festival Internacional de Cine de Sevilla. Ismael no acabó de alegrarse por mi premio, y una noche me confesó que mi cortometraje no le gustaba. El caso es que, como si tuviera que castigarse por el estado de su boca, se acababa de poner con las tesis que iba a leerse a la vuelta de nuestras vacaciones, y yo me quedé dando vueltas en torno a su toalla, su sombrilla, su silueta pueril; vueltas que en verdad eran huidas al agua, pues no quería mirar el Kindle con las tesis, no las quería allí y a la vez estaba agradecida porque tampoco quería a Ismael entre las olas, su ritual enfermo envolviendo la inmersión, con la mirada traspuesta a kilómetros de luz y bruma. Habíamos alquilado un coche para hacer excursiones y no estaba en mis planes renunciar, pasarme el resto de los días durmiendo siestas poco digestivas. A Ismael, con su indisposición, no había quien le impidiese tomar sus descansos. Le eché un poco de menos cuando, a la tercera tarde desde que se le descuajeringó la encía, arranqué el coche para irme sola al Timanfaya, pero a la jornada siguiente deseé verle cabecear y palparse entre tanto la herida, sobre la que echaba taponcitos de Oraldine sin aplacar el mal olor. Se ponía nervioso si me acercaba; era cierto que el hedor de la comida podrida bajo la carne no podía equipararse a la acidez del aliento al despertar. El antibiótico no había devuelto a la mucosa a su sitio. Había crecido, era una visera sobre la muela, por cuyo derredor asomaban los restos podridos que Ismael removía con un mondadientes y el antiséptico. No alcanzaba a limpiarla bien, la protuberancia seguía en carne viva, el dentista le había dicho que no se hurgara, pero él estaba convencido de que si se metía el palillo con el desinfectante el aspecto ulceroso de su encía sólo iría a mejor. Con tanto remover la fetidez aumentaba. Yo, mientras enfilaba la carretera del Timanfaya, me lo imaginaba con su neurosis. Ismael no contaría las horas que yo pasaba fuera porque le iban a faltar para enjuagarse con Oraldine y encontrar en internet pájaros de mal agüero, incansables noticias sobre encías destrozadas y tumores, en vez de soluciones. Y es que, ¿por qué tiene que crecer la carne?, ¿no es un hecho insólito que sólo un médico certifica con naturalidad?

Para cenar continuábamos yendo a Arrecife e Ismael pedía lapas. Las lapas se servían en una sartén negra; eran como ojos de un brillo mate en una habitación con las persianas bajadas. Yo probaba el molusco desconocido como si esperara encontrar signos de vida. Él disimulaba apenas un ansia que conquistaba su cénit al demorarme con el bicho entre los dientes, y cuando al fin lo deglutía, se lanzaba a comer con furor. Yo atacaba mi besugo fresco de la misma impudorosa manera, y sólo nos mirábamos tras dejar limpios los platos. En esos momentos no nos soportábamos. La tensión no duraba mucho gracias a que vaciábamos una botella de vino (Ismael se saltaba las contraindicaciones del antibiótico) y luego nos tomábamos gin-tonics en un bar del paseo, o nos los bebíamos en el hotel mirando la arena oscura. Las imágenes vía satélite de Google arrojaban noventa y nueve casas en Playa Quemada. Me urgía explorar el pueblo de noche, con las calles desiertas tan parecidas a carreteras. Nada me impedía abandonar a Ismael en la terraza, con su ginebra y sus cavilaciones sobre su herida maloliente. Me sentía incómoda con él, y cuando me atrapaba la culpa por no ser comprensiva, le decía que estaba contenta de nuestra falsa boda. No mentía al decirle aquello. Yo nunca le he mentido. Sin embargo, una de esas noches en la que él removía su gin-tonic en la penumbra de la terraza se me ocurrió que nada cambiaría si en lugar de permanecer allí me lanzaba a la calle, y eso hice con cuidado de que no sonara la puerta, de que él me creyera en el cuarto consultando mi correo electrónico. Una vez fuera, no pude alejarme. Me detuvo un motivo egoísta: no pelearme con Ismael para no estropear mi ociosidad. Volví a la habitación; él estaba sobre la cama y se limitó a observar:

—No te he oído decirme que te ibas.

—Es que no te lo he dicho.

Al día siguiente cogí el coche antes de que Ismael se lo hubiera pensado. La visera de carne sobre comida putrefacta no le imposibilitaba desayunar tostadas con todo el salchichón del bufet y ventilarse, para comer, una fuente de patatas con mojo y otra de lapas. Yo evocaba sanguijuelas mientras lo veía masticar la carne dura de ese molusco despreciado en la península, que crudo tenía el mismo aspecto que la encía ulcerada. Me fui al Timanfaya a caminar descalza; a esas horas de la tarde no había apenas turistas. Me senté en la falda de un cráter pequeño; a continuación anduve más de una hora sin perder de vista el coche, que no aparqué en la arena por temor a la policía. Lo cierto es que todavía no había visto a un solo policía. No valía la lógica de la ciudad, ni la del campo, y yo no sabía qué hacer con mi miedo. Algunos volcanes formaban pasillos de roca; junto con la piedra frondosa encontraba restos procedentes del océano. Cuando el sol comenzó a ponerse me acomodé en aquella arena dura. Entonces las vi.

Después de que Ismael llevara diez días untando babosas marinas en mojo verde ya no había lugar para el error. Tal vez si no me repugnaran habría confundido esas conchas con las del mejillón, o con restos fósiles que la lava no había devorado, pues lo cierto es que asomaban apenas del tegumento gris y extrañamente irisado de esa tierra que, lo juro, parecía agua de mar al mediodía. Me había tumbado en el suelo a escuchar el silencio de lava seca, la quietud de los conos, una calma chicha que me hacía fabular con erupciones inminentes. Me puse a escarbar, con mis manos y con trozos de roca; he allí lo que quedaba de las lapas, como si los restaurantes y los hoteles vinieran a tirar las conchas al parque. El mar no estaba tan cerca como para explicar aquellos restos. En lugar de hogares marinos y piezas de bisutería playera, yo siempre he visto esqueletos en las conchas. Las tiendas de suvenires de los paseos marítimos, con sus collares hechos con tellinas y sus caracolas, se me antojan comercios de huesos. Cuando pego la oreja a una de esas criptas en miniatura no oigo el sonido del mar, sino el espíritu del molusco, su alma pringosa resbalando por el nácar.

Aunque en una isla pequeña nunca se está lejos de la costa, veinte kilómetros eran demasiados. No temía la presencia de aquellas carcasas; lo que me aterraba era que las conchas de lapa hubieran penetrado en la encía de Ismael. No tenía sentido; la infección, lo había asegurado el dentista, se explicaba por un crecimiento de la carne. El facultativo dijo que el cuerpo tiende a rellenar huecos, y que a veces falla. Cogí una concha y la arrimé a mi nariz; al principio sólo olí a los volcanes, a su cuerpo rocoso. Luego olí al podrido de la boca de Ismael, asunto que atribuí a mi imaginación olfativa o a mi cansancio, y también a la encía de mi falso marido cuando el olor dejó de ser sutil y se tornó en una fuerte pestilencia que me obligó a darme la vuelta, a creer que Ismael estaba detrás. Si imagino fantasmas, estos no son nunca de desconocidos. Son de quienes más amo. Arrojé lejos la concha, y en mi siguiente escapada renuncié a mi comunión con la tierra silenciosa. En su lugar tomé la 704 hasta un desvío sin nombre para llegar a la parte de costa del Timanfaya. No había silencio porque las olas rompían contra los acantilados negros; bajé hasta la playa y pasé allí la tarde, entre piedra y conchas de todo tipo, también de lapas. El Atlántico rezumaba olor a algas estancadas, y me agarré a aquel tufo para explicarme lo que había acontecido. Me agarré sin convicción por tratarse de un giro argumental predecible; estaba claro que ese olor de las algas era tan suave como el de las ortiguillas de Cádiz, mientras que la boca de Ismael sólo llamaba a la bilis.

Esa noche mi falso marido me recibió con ojos brillantes que retozaban en la oscuridad de la habitación. Las ventanas estaban cerradas, como si Ismael estuviera preservando el cuarto de la solana del exterior, o mejor: como si quisiera resguardar su nuevo olor. Fuera ya había caído la fresca, lo que acentuaba el bochorno y el hedor de su boca.

—¿Por qué cierras así?

Me sonrió por encima de la pantalla de su portátil. Sus ojos me recordaron a grillos.

—Perdona, no me había dado cuenta —me dijo.

No evité la violencia al abrir las ventanas. Las abrí de par en par, incluida la del baño, como si quisiera arrancarlas del marco. Ismael no se inmutó; pendía de sus búsquedas en internet. Me duché y después, en lugar de irnos a Arrecife, nos quedamos en el hotel. Sólo fui capaz de comer la sandía de fuera de temporada del bufet, y al volver a la habitación él continuaba con la mirada de insecto. Se acercó y me dio un beso con lengua, el primero desde que se le había fastidiado la boca; no tuvo apuro en echarme el aliento ni la saliva, y yo hice un movimiento de retroceso para bajar al cuello y seguir por otras partes del cuerpo menos apestosas. Ismael, sin embargo, me asió la cara con delicadeza y volvió a plantarme su boca. Empezó una serie de morreos extraños, sobre todo por los movimientos de sus carrillos, concentrados en estimular las glándulas salivares para pasarme el líquido pútrido que a su vez me hacía salivar a mí. Tras dos o tres amagos de vomitar, mis espasmos se tornaron más leves, y también las lágrimas. No lloraba de emoción, sino por las contracciones de mi diafragma. Los espasmos me ponían roja y me ahogaban.

—Si paro va a volver a darte fuerte —me susurró Ismael con una dulzura rara, meditativa; con un sosiego parecido al de un templo tras el rezo.

Volvió a poner su boca sobre la mía. Tragué saliva hedionda, y no tuve la impresión de estar siendo besada; más bien hacía el amor con la boca porque el ser que había junto a mí no podía copular de otro modo. Cuando terminamos, Ismael pasó al baño a lavarse la encía con su acostumbrada escrupulosidad, lo que en cierto modo me relajó. Se acostó tras chupar dos láminas de clorofila, y su beso fue seco, apretado, celoso de que la fetidez no volviera a escapársele. Estuve a punto de decirle que por qué no adelantar el viaje, aún quedaba para la vuelta y su carne no tenía visos de mejorar a pesar de que ya no había fiebre, pero pensé en las vacaciones que tenía por delante, en las que no me veía junto a Ismael, sino caminando por el Timanfaya. No especulé sobre lo que acabábamos de hacer. Había sido como una siesta con pesadillas sobre las que no hay conclusiones que sacar porque se ha olvidado su contenido. Tan sólo se flota en la sensación, y eso es lo que yo hacía, flotar mientras me recreaba en los días que me quedaban en Lanzarote.

A la jornada siguiente no me fui al Timanfaya. No quería toparme con las conchas, y sabía que al poner un pie en el parque iba a agacharme y a enterrar la mano para buscarlas. Me pesaba no andar ya con tranquilidad entre los volcanes. Había sentido que mis pulmones se dilataban sobre el terreno, y que esa comunión de mi órgano con la tierra me iba a ser ya imprescindible para respirar. En La Geria me tomé un tinto y caminé, vigilada por la mesonera, entre los muros en forma de herradura donde crecían las vides, con los restos de ceniza usados como abono formando una película más clara que el terreno, del que salían cepas con hojas verdes. Adquirí una botella de vino cuando caí en la cuenta de que no había comprado nada en todo el viaje. De La Geria me fui a Asomada y vagué un rato bajo un sol pesado para ser febrero, entre las casitas de blanco intenso, que me daban envidia. La luz era puro estruendo y percutía en mi sistema nervioso de una forma placentera, vital, aunque en verdad la vida allí debía de ser melancólica y por eso me gustaba. Saqué la guía turística y opté por un pueblo más urbano, San Bartolomé, donde pasé el resto de la tarde contemplando cómo los vecinos, vestidos con trajes típicos, paseaban al santo de una ermita a otra. Yo era la única turista. Volví al hotel de noche, y no supe si los ojos de Ismael se asemejaban de nuevo a los de un insecto en la oscuridad. Saqué los licores de la nevera, pequeñas botellas que se tiznaron de vaho. En San Bartolomé me había pertrechado de embutidos. Dije:

—Hoy cenamos aquí.

Comimos y bebimos el vino de La Geria con parsimonia, sentados en la cama; las ventanas estaban abiertas y la tele apagada. Hacía calor, el aire de la habitación olía al podrido de la boca de Ismael, y no encendíamos el televisor porque no habríamos sabido qué ver. Ismael me expuso sus planes para la boda. Dijo «boda» y no «boca», pero yo me empeñé en entender que hablaba de su boca, y al mismo tiempo pensé en nuestra falsa boda con desazón. No era su falsedad lo que me desasosegaba, sino que parecía haber acaecido en una época lejana, incluso no haber ocurrido nunca. La boca era lo único real, y los planes de boda de los que me hablaba Ismael se me antojaban instrucciones precisas para la correcta higiene bucal, sacadas de internet en el intento de averiguar cómo destruir los restos de comida bajo las encías. «Pero tengo que decirte algo más», añadió, y apenas me dio tiempo a la expectación, ya que casi sin respirar me soltó: «Me estoy convirtiendo en un insecto». No pude evitar reírme a carcajadas, e Ismael también se rio, aunque sin dejar de hablar. «No es carne sólo lo que hay sobre la muela. Te lo juro». Se sentó al lado de la lamparita, y abriéndose la boca dijo: «Mira». Casi le metí la lámpara entre los dientes, pues las paredes de los carrillos hacían sombra; en efecto, lo que había bajo la visera de mucosa no era únicamente la muela pobretona y sucia por los restos de alimentos que Ismael no terminaba nunca de sacarse. Había asimismo otro tipo de tejido que recordaba al apretado caparazón de los escarabajos. Contuve la respiración; el olor parecía hoy especialmente fétido, y pasaba a las papilas gustativas como si en lugar de por la nariz hubiese penetrado por la lengua. La experiencia del día anterior había domeñado mis arcadas.

—Deben de ser alimentos cristalizados —comenté con total sinceridad y como si llevara una vida entera usando ese término que acababa de inventarme, «alimentos cristalizados».

Estaba asustada no porque creyera que se estaba convirtiendo en un insecto, sino por la normalidad con la que yo asumía mi declaración. Nos miramos y supe que sentíamos el mismo miedo. Ismael dijo:

—Mejor no pensar mucho.

Me dieron ganas de replicarle que no había nada que pensar, y que ninguna Wikipedia ni ninguna página web iban a aclararnos las dudas por más que él se sumergiera en internet para arañar conocimiento sobre su carne corrompida. Probablemente la hipótesis de que se estaba convirtiendo en un insecto venía tras mucho investigar por el mundo virtual. Ismael nunca concluía nada a la ligera.

—Lo que me importa ahora es casarme contigo de verdad —sentenció, y ya no era una «boda» donde yo podía entender «boca».

—La otra vez que te pasó lo de la boca —contesté a pesar de todo—, se calmaba con el helado. ¿Te acuerdas? Si aplicabas frío, la inflamación cesaba. El dentista también te lo dijo.

—No te estoy hablando de eso —me respondió.

No insistí. Él se alejó de la lamparita. Aunque habíamos tomado ya el postre y nos estábamos haciendo cubatas con los licores del minibar, sacó de la nevera un táper. El movimiento de Ismael había perdido su gesto de vacilación, esa lentitud inicial, tan suya, indicadora de su temperamento meditabundo. Su desplazamiento a la nevera fue semejante a la presteza con la que las cucarachas huyen cuando se sienten acorraladas. El táper contenía lapas frías con mojo.

—¿Dónde has conseguido eso? —le pregunté.

—Son los restos de la comida.

—Voy a darme un paseo —le dije antes de que escogiera una lapa para sorberla, y al salir supe que lo dejaba ahí desamparado con sus planes de boda.

Las calles tenían un aspecto desvencijado. Caminé no sé por cuánto tiempo descalza sobre el asfalto sin notar la raspadura de los chinatos. El bar donde solía desayunar estaba abierto, y en una pantalla en la que no había reparado durante la mañana, y que ocupaba media pared, daban una película de Steven Seagal sin volumen. El camarero me saludó y no pude evitar cierta incomodidad. Aspiraba a que no me hubiese reconocido. Por las mañanas, después del baño, me presentaba allí con mis gafas de sol, un pareo y el pelo en un moño; si sabía quién era yo, es que no había tanta diferencia entre ir engalanada y andar recién salida del agua con la cara llena de sal y el cabello de cualquier manera. Me senté con la ardiente conciencia de la inutilidad de mis arreglos; en el mostrador había lapas, y aunque iba dispuesta a beberme el tercer copazo de la noche, la carne del molusco me abrió el apetito. Llevaba días durmiendo mal, comiendo mal, y sólo ahora lo reconocía; además no era culpa de Ismael que nos hubiésemos quedado en el hotel en lugar de ir a Arrecife.

—Quiero unas lapas —le dije al camarero.

—Están muy ricas —me respondió.

Extrajo del mostrador refrigerado la bandeja con los bichos crudos y desapareció en la cocina. Mientras preparaba las lapas, no miré el calmoso mar, sino la cantidad de moscas de aspecto invernal que había en el expositor refrigerado; esas moscas debían de estar congeladas, lo mismo que Ismael, o más bien: Ismael podría congelarse a esa misma temperatura que servía para mantener a las lapas a resguardo de las bacterias, si bien nada me aseguraba que las moscas estuviesen heladas y no simplemente muertas. En este último caso, su presencia quieta y perfecta sobre el cristal se explicaría por la roña adherida. Las moscas se habían posado sobre el vidrio y luego no lograron despegarse. Comí mi bandeja de lapas sin que me asqueara su connivencia con los cadáveres de las moscas ni con la enfermedad de Ismael, y me fui del bar con un porrón de conos de fresa y vainilla, que eran los preferidos de mi falso marido; corrí hasta el hotel con un temor atroz a que se derritieran, y cuando Ismael miró mi cargamento me dijo que me habría costado menos traerlos del bufet, donde eran gratis.

—Come —le dije sin atender a su observación, y me puse a vigilar que masticara con la parte de la carne podrida; algo en nosotros se relajaba conforme el hedor se mezclaba con el suave aroma de la vainilla y la fresa; no me pregunté, e Ismael tampoco, por qué no habían tenido ese mismo efecto los chicles extrafuertes de menta, ni las láminas de clorofila especiales para el mal aliento, ni los mejunjes para la boca.

Al rato le pedí que me enseñara aquel pedacito de encía. La extraña cáscara estaba cubierta de helado sin derretir, que no se mezclaba con la saliva y que era como las moscas del mostrador refrigerado: sabía guardar la compostura en su proceso de descomposición. Me sentí triunfal, y creo que Ismael también, a pesar de que no podía pasarse el día comiendo cucuruchos y que el efecto era pasajero. A la jornada siguiente, tras un almuerzo con postre de chocolate y avellana en tarrina, tuve valor para volver al Timanfaya y hundir las manos en la arena en busca de las conchas; hacía más calor que otras veces, la tierra se veía clausurada, todo me pareció teñido de nostalgia y no encontré nada donde debían de estar las conchas, salvo la arena que yo había removido. Me tumbé sobre el montículo, pegué la oreja al terreno, por primera vez pensé seriamente en los planes de Ismael para la boda, en atraer una mala suerte más real. Dejé que la calma me envolviera.

LA ADIVINA

Has salido tú en la tirada de cartas de un cliente. No entiendo nada. Llámame: 8034550930.

Estaba desayunando en el Viena Capellanes. Pensó en si el hombre que había acudido a la vidente sería el que ahora, sentado frente a ella, mareaba un zumo y un café con leche (alternaba el zumo y el café de una forma pautada, como si persiguiera algún efecto de sabor, o quizás de salud). En realidad no lo pensó, sino que superpuso el mensaje de la vidente a lo primero que se encontró. Y resultó ser un hombre que la miró varias veces, y no distraídamente. Era posible que su atención se debiese a que ella también había comenzado a fijarse en él, y que ambos tratasen de sacar conclusiones sobre sus miradas. Tendría que ocurrir algo más para que el asunto se completara, por ejemplo que él acudiera a su mesa y le dijese: «Estuve con una adivina que me dijo que iba a conocer a alguien mientras desayunaba». El hombre se puso en pie. Se había dejado un culo de zumo. Pagó en la barra y se perdió por la calle Fuencarral.

Me sale un viaje corto en el que se aclararán muchas cosas. Lo miramos ahora. Llámame: 8034550930.

Agarró el coche y salió de Madrid. A lo mejor era eso. No sólo no tomarse en serio unos mensajes que probablemente hacía una máquina (¿alguien de su entorno, clase media venida a menos, podía no estar seguro de ello?). No sólo el no tomárselos en serio, sino también reconocer que el rastro de superstición invitaba a abrir un hueco tan remoto como el que en su caso había para afirmar la existencia de Dios. Ese hueco que equivale a no ser soberbia. Si se lo otorgaba a la imaginación, o al deseo, el hueco se haría todo lo grande que quisiera, hasta generar algo, como por ejemplo que ella condujese ahora, que hubiera pasado el Escorial, que subiese hasta Zarzalejo quitando el pie del acelerador porque una densa niebla cayera por la falda de la montaña emborronando algunos tramos de la carretera. Hacía mucho que no tomaba el coche para deambular sin rumbo. Lo había hecho otras veces con parejas, y era mejor cuando conducían ellos, porque para perderse prefería no tener que estar atenta. Embarcarse en un viaje corto en el que se aclararán muchas cosas. ¿Era su excursión un viaje corto?, ¿hasta dónde tendría que llegar, y cuántas horas debería permanecer en el lugar, para que su vagabundaje equivaliera a un viaje corto? ¿Y qué cosas debía aclarar? Se sentó en un bar de Zarzalejo, con una libreta y un boli sobre la mesa, al lado de una estufa y ante un descafeinado. Eran desde luego muchas las cosas que debía aclarar, pero ninguna poseía la urgencia del mensaje de la vidente. Ese mensaje aludía a problemas cuya solución requería no aplazarse. Por ejemplo, que decidiera prescindir de socios para montar su empresa de servicios editoriales. Sin embargo, los problemas que apuntaba en su libreta no eran de este tipo, sino de largo aliento, difusos, objeto de esa clase de disquisiciones en las que alguien, quizás ella misma, argüía que se trataba de la naturaleza de las cosas, o de simples inercias. Veía entonces el salón de su infancia en penumbra, una televisión que llevaba horas puesta, un tedio narcótico, violento. Dos personas marchitándose frente a una pantalla. Luego, el lunes por la mañana, tras la exasperante quietud, esas dos personas se iban a sus trabajos y regresaban con aire fresco y otros ensimismamientos que los lanzaban lejos del abismo y hacían que la estancia en ese sofá frente al televisor de diez a doce de la noche fuese un simple descanso, una parada antes de volver a proyectarse. Algunos fines de semana evitaban el sofá. Se metían en el Volkswagen Passat y peregrinaban por otras provincias, y ésa era una forma amable de alejarse, de mantenerse en la contemplación de otras realidades. Ella, la hija, iba en el asiento trasero con un walkman. También en sus propios parajes.

Seguía siendo un misterio por qué una computadora que mandaba mensajes al azar tenía su número de teléfono.

¿Y si ella se hubiese acercado a la mesa del hombre y le hubiera dado un papel con su e-mail?

Cuando tiro tus cartas me sale siempre un conflicto entre tres personas. Una de ellas se va a rendir. Llámame: 8034550930.

Zoe era rubia. Cuando la vio por primera vez, estimó que sería mejor que se tiñera el pelo de un tono más favorecedor en lugar de ese rubio oscuro sucio ceniza, peor aún que el rubio histérico que da aspecto de bombilla o de rotulador fosforescente, y que sólo les sienta bien a algunas mujeres. La cara le brillaba a Zoe con tanta crema. Su ropa recorría la gama de colores que van del marrón al beige. Era una señora marrón. Leía novelas rosas. No le pegaba el nombre de Zoe y corregía delante de ella, que había aceptado ese trabajo de mierda. Llevaba medio año en el que escaseaban las colaboraciones y un amigo le comentó que iba a dejar un curro de becario consistente en meter un catálogo en un Excel. Detestaba el Excel, pero por dos horas diarias de martes a jueves ganaba trescientos euros al mes. Doce con cincuenta euros la hora por ese trabajo de mierda. Muchos le dijeron que ése no era un trabajo de mierda porque podría estar peor pagado, pero para ella sí lo era. La mesa de Zoe estaba enfrente del ordenador donde se guardaba el Excel que rellenaba procurando no confundir las líneas y saltarse las obras de un catálogo donde la mitad de los títulos eran autoedición y la otra mitad estaban subvencionados. La mayoría de los libros los firmaban hombres. Se trataba de glorias locales o de ex catedráticos mayores de setenta años. Por ejemplo, uno de los libros se titulaba *Es el olivo añoso y crepuscular* del jienense Bernabé Gómez, nacido en 1937, catedrático de instituto en Jaén. El libro lo financiaba el Ayuntamiento de Torredonjimeno.

Zoe era la correctora que más sabía. Recitaba de memoria algunas entradas del Manuel Seco y del *Panhispánico de dudas.* A su derecha estaba la segunda correctora, María Isabel, morena, entrada en carnes y con una indumentaria que hacía pensar en domingos por la mañana en una parroquia del barrio de la Estrella. También leía novelas rosas. Durante la jornada laboral, ambas enmendaban galeradas de profesores jubilados de Filosofía de la Complutense o de la Autónoma, y de poetas que hablaban de depresiones y nostalgias bajo las encinas de sus terruños. De vuelta a casa, en el metro, leían sus novelas rosas. Zoe era espectacularmente buena cazando gazapos. «Si tengo tiempo —me decía—, les escribo antes de acostarme a los editores de los libros que leo para señalarles las erratas.» María Isabel se desplegaba lenta y torpe, y tenía cara de ofendida. Fue ella la que buscó el pretexto para sentirse agraviada con la nueva encargada de rellenar el Excel. «El chico que había antes que tú era muy divertido —le dijo un día—. Nos contaba historias de sus novias, y nosotras le aconsejábamos.» Ella sonrió por cortesía. Entendía que a Zoe y a María Isabel las aburriese. No les contaba nunca nada. Llegaba silenciosa y se iba sin soltar más palabras que las necesarias para solventar alguna duda. Su juicio sobre las correctoras debía de atravesar su expresión y la manera esquiva que adoptaba su presencia allí. Con la administradora tenía otra actitud. La administradora era la única con un contrato blindado. No leía novelas rosas. A lo mejor no leía nada. Llevaba el pelo corto. Era alta, de voz ligeramente masculina y seductora, y vestía como una monja. A veces le tentaba preguntarle si pertenecía a la Institución Teresiana, pero temía ofenderla. Se llamaba Paz, y no mostró enfado cuando María Isabel la denunció. La palabra «denuncia» quizás sea excesiva y haya que cambiarla por «chivarse». María Isabel se chivó de que en su factura por veinticuatro horas mensuales ponía trescientos euros. «La nueva nos está dando gato por liebre», imaginó que le dijo María Isabel a la administradora y al jefe antes de que ella llegara a la oficina. Cuando encendió el ordenador, la correctora fue hasta su mesa y le soltó:

—Tus facturas estaban mal. Has estado cobrando trescientos euros y tu trabajo es de doscientos. Estabas cobrando por hora más que yo.

Ella no sabía que su trabajo era de doscientos y no de trescientos. Debió de entender mal, dijo, y no mintió. A María Isabel aquello de que la becaria cobrara más que ella por hora le parecía un argumento definitivo e inapelable, a pesar de que no tenía que pagar autónomos porque estaba contratada. Ella razonó que si aquel trabajo de mierda fuera su única fuente de ingresos, ni siquiera le daría para los autónomos. Con todo, se sintió culpable. Ahora María Isabel tenía motivos para lucir una expresión de ofensa permanente, y también Zoe la miraba con desconfianza. Ambas preferían favorecer a un jefe que las explotaba y al que odiaban antes que a una pringada. Sólo Paz mantuvo su hermetismo de siempre. Quizás tampoco la juzgaba favorablemente, pero no lo manifestaba. Puede que se tratase de pura y simple indiferencia.

Aguantó unas semanas más y luego les dijo que se iba. Su última factura fue de cien euros.

Cuando tiro tus cartas me sale siempre un conflicto entre tres personas. Una de ellas se va a rendir.

Se había rendido ella.

También podía buscar otros problemas, pero serían vagos.

Pequeños episodios de celos entre primas.

Sospechas de traiciones mínimas: un amigo le contó a un tercero algo que ella le había confiado, evidenciando que no le guardaba sus secretos.

Sus padres y ella huyendo de la penumbra del salón.

¿Estaba haciendo con ese mensaje de la adivina lo mismo que cuando calzó en su biografía un viaje corto, sólo que de una manera más sutil, dándole un nuevo sentido a sus recuerdos?

Desesperadamente llorando por ti lo veo día y noche. Ya sé que no me crees. Llámame: 8034550930.

No se puso a buscar quién de su historia sentimental estaría llorándola por las esquinas. Era también esta vez más tentador generar esa realidad, aunque no iba a intentarlo con ningún hombre. Fue a ver a su tía y le pidió las llaves de la casa de su abuela, muerta hacía tan sólo dos meses. Se compró un cachorro de golden retriever, lo metió en el coche y condujo hasta su pueblo. El cachorro iba en el asiento de al lado moviendo alegremente el rabo y dándole lametones en la mano cada vez que cambiaba de marcha. Al llegar a la casa familiar, llenó un balde con agua y otro con comida, y los puso en la cámara. Luego subió al perro a aquel espacio viejo que aún olía a la grasa y a la sal de los jamones que su abuelo curaba. Dejó encerrado allí al can hasta completar un día. El perro no paró de gemir y ella apenas descansó. Para no oírlo, recorrió el valle con el coche. Caminó durante dos horas por un encinar. Subió a un castillo en ruinas. Paró en tres bares de carretera. Por la noche, puso a todo volumen música de grupos a los que no había vuelto desde la adolescencia: Slayer, Cradle of Filth, Black Sabbath, Theatre of Tragedy. De vez en cuando paraba la música para escuchar los aullidos del perro. Era un martes de febrero; la casa de su familia ocupaba una manzana, y el único inconveniente era que los lamentos del cachorro llegaran hasta la calle. Sin embargo, ningún vecino parecía haber avisado a sus tíos de que salían aúllos de la casa. La cámara estaba bien aislada del exterior. A las cuatro de la madrugada, cuando los lloros se volvieron más tenues, barajó la posibilidad de encontrarse al cachorro muerto. Bebió más cerveza y no volvió a bajar la música hasta que el sol no estuvo bien alto. Al subir las escaleras de la cámara estaba demasiado borracha para sentir miedo. Abrió; el cachorro corrió hacia ella. Seguía moviendo la cola, aunque se le veía débil. Quizás era sólo desorientación. Había vomitado el pienso y tiritaba.

Los milagros y la videncia existen. Pero hay mucho cuentista sacaperras. Te propongo el Tarot de verdad. Llámame: 8034550930.

Le asombró que el último mensaje fuese una mera consideración sobre la videncia. No esperaba nada, nunca había esperado nada de esos mensajes que sin embargo le resultaban extrañamente apropiados, pero no sólo porque se adaptaran a su contexto o la llevaran a crear otros, sino porque manifestaban su propia sombra. Esa sombra le recordaba a la suya. Era como la fotografía de una carretera de las afueras de la ciudad, de noche y bajo la tormenta. Ahí estaban sus temores infantiles. De niña se ponía de rodillas en el asiento trasero del coche y miraba por el cristal, con la lluvia cayendo. Las gotas eran súbitamente apartadas por el limpiaparabrisas, y entonces los vehículos que había detrás del de sus padres cobraban una forma precisa, que duraba unos segundos hasta que el agua la deshacía. En aquel borrón extendido hacia una oscuridad ribeteada de luces se cifraba su miedo, y no podía apartar la vista de él. A los infantes no se les ponía cinturón de seguridad, y las distancias eran siempre más largas porque las carreteras tenían dos carriles y estaban mal pavimentadas. Pero lo que decíamos es que los mensajes de la vidente que le llegaban con regularidad a su móvil manifestaban su propia sombra. Y este último mensaje le venía como anillo al dedo a la idea que desde hacía meses barruntaba. Una vez que había desechado cualquier atisbo de fe e incluso las ganas de seguir jugando, *milagrosamente* recibía un mensaje que era como la última promesa de un novio infiel. Te prometo que ya no lo haré más. Los milagros y la videncia existen.

AGRADECIMIENTOS

A Rubén Bastida, María Lynch, Recaredo Veredas y Alberto Olmos por la lectura atenta y las sugerencias. A la Residencia de Artistas Roquissar por el tiempo.

El cuento «La isla de los conejos» está dedicado a Sancho Arnal, verdadero inventor.